波平烟月白

——万俊安诗稿

万俊安 著

中国文史出版社
CHINA CULTURAL AND HISTORICAL PRESS

图书在版编目（CIP）数据

波平烟月白：万俊安诗稿 / 万俊安著.—— 北京：中国文史出版社，2024.2
ISBN 978-7-5205-4526-6

Ⅰ.①波… Ⅱ.①万… Ⅲ.①诗词–作品集– 当代 Ⅳ.①I227
中国国家版本馆CIP数据核字(2023)第232832号

责任编辑： 徐玉霞

出版发行：中国文史出版社
社　　址：北京市海淀区西八里庄路69号院　邮编：100142
电　　话：010-81136606　81136602　81136603（发行部）
传　　真：010-81136655
印　　装：北京昌联印刷有限公司
经　　销：全国新华书店
开　　本：16开
印　　张：22.25
字　　数：100千字
版　　次：2024年2月第1版
印　　次：2024年2月第1次印刷
定　　价：58.00元

序言

　　《波平烟月白》汇集了我自2012年以来创作的旧体诗词。应当说，正是现代社会网络自媒体的兴起赋予了我创作旧体诗词的新动力。还记得最初，在微博上发布原创信息，需要一种简短的形式表达思想感情，而旧体诗词恰到好处；自媒体社交功能的强大更提供了有力支持。我耗费精力日常创作旧体诗词也成为一种习惯。

　　今人写旧体诗词有时代的推动力，优势显而易见。与古人相比，今人的创作条件强于古人。今人查阅丰富翔实的史籍资料轻而易举，可以纵观历史，多角度、大量汲取信息。以我创作"怀古"系列为例，查阅相关史料，搜寻战役地点、行军路线、历史意义乃至山川地理、武器装备等内容，包罗万象，巨细无遗。古人在创作相关作品时，恐怕手头上史料寥寥，更不易随时调阅，因而叙事的史诗少，感怀诗、抒情诗多。今人使用办公软件、各种输入法，而古人购买笔墨纸砚之类书写工具都不容易。而且与古人相比，今人的生活条件也优于古人，客观上也有利于今人创作。

当然作为今人，我也深知，唤起遐思进行旧体诗词创作实非易事，难处也一目了然。由于古今时代迥异，与古人相比，今人在情趣兴发上有"抒怀难"，在场景描摹上有"状物难"，在意思传递上有"表意难"，不一而足。此外还有"专注难"。我自己一般是在繁忙的工作之余，利用空闲时间创作古诗词，不如古人几乎是专业、专职进行创作。在古代，毕竟诗词属于科考范围。

如此看来，所谓优势，大多因为社会物质条

件的改善；所谓难处，大多由于语言文化习惯的变迁。"好之者不如乐之者"，好在我感觉创作过程本身是愉悦的，或许乐此不疲，难者不难；乐之者，也与自己从小熏陶于书香环境、喜爱文史不无关系，或许习以为常，难者不难。创作时，我想，今人与古人各有难处，却乐者相近。古人乐而忘忧，心无旁骛，实可为范。每念至此，也平添几分欣悦。

诗稿此次集萃付梓，深获家人、亲友的关心、鼓励与支持，于此特致谢忱。尚有众多素昧平生的诗词爱好者长期关注、默默支持我的创作，也于此一并表达敬意。创作的过程也是探索跋涉的征程，讹误不当之处，诚望读者指正。

万俊安

2023年秋于雪楹轩

诗

五律

3

七绝

13

14

诗

五律

丙申十月二十二日初雪

北国方初肃，琼花夜已开。
庭深多往事，戏俗少新裁。
冰挂青檐瓦，风吹玉石台。
时光归不至，雪境去还来。

丙申初夏抒怀

大雁唤长天，征骖饮锦川。
一弯新月下，千载古城边。
有志风云起，无心世事迁。
谁人舒画卷，怀抱满诗篇！

春访苏州

游历逢时节，翛然一客身。
方看石桥旧，又识巷牌新。
吴地街前酒，姑苏雨后春。
娥眉花旦角，灯下曲传人。

春日步次河湾

沙洲喧闹外，移步遣春闲。
村店鸣禽里，杨花乱柳间。
烟空三两钓，水阔半程湾。
踯躅城中客，因风出欲还。

冬日书登临古意

昨夜闻筝曲，如登鹳雀楼。
悲箫对边月，残雪伴孤舟。
昔别长亭柳，今来晚日秋。
何来千古意，滚滚若江流。

冬日写意山景有怀

群峦由此径，故道若伶俜。
冰涧分残雪，寒林笼晦暝。
云山无客迹，崖石有人形。
犹记当年夏，湖池一片青。

冬日圆明园即景

圆明将暮色，冰裂见微澜。

日落云飞晚，烟凝水映寒。

枯荷依础石，断壁耸丘坛。

满目荒凉意，风光总是残。

恩情

乡村秋夜冷，忆苦月明清。

灶上羹汤就，手中棉袄成。

谆谆亲者意，念念老人情。

竹径徘徊影，今晨又鸟鸣。

二月疫中春雪

街铺操持晚，炉边半局棋。
归家微影动，贮食耗心思。
帘影清寒夜，林梢积雪时。
关情通事理，料峭迫春迟。

参与焦捷老师"知行合一·产业探究"课程山东之行有怀

东行开气象，齐鲁万般新。
呼馔挥朋盏，临涛忘我身。
辛勤无俗客，谈笑有经纶。
遥想雄韬略，今朝一代人！

古韵寄情

文章古时好，宦海几多吟。
楼影佳人目，江波羁旅心。
长亭风殢酒，晚寺月窥琴。
多少千秋醉，青山故国音。

观《江海行舟图》摅意

波涛连海阔，极浦遍幡旗。
日照云开处，风生雨霁时。
临高抒览意，向晚畅怀思。
浪里行舟客，催帆始觉迟。

观刘松年《四景山水图之秋景》

雨霁千川秀，霜天晚暮时。

谈玄消杂诘，闻偈起幽思。

晓梦松亭客，闲山月夜鹂。

飞流多险峻，深涧乏人知。

观苗重安画即吟

丹青大成者，铺卷竟何如？

崖转洄流急，云开气脉舒。

群峰无鸟路，绝壁有人庐。

鬼斧生情趣，寥然对太虚。

观吴昌硕画即吟

梅寒出风骨，石瘦着盘枝。

老豆围炉剥，秋藤向瓮垂。

丹青得神笔，渍墨辨宗师。

胜法无行地，沉吟转熟思。

观佚名《雪景图》寄怀

林塘落雪声，静影冷波平。

暮色柴扉晚，弦声曲调轻。

山奇流更澈，竹密鸟忽鸣。

数点残荷外，萧然古刹横。

汉塞秋月

塞上悬秋月，黄沙右北平。
残碑如有诉，故垒已无声。
青冢长年草，胡风几代情！
琵琶传怨曲，飘入受降城。

河朔怀古

风断渔阳鼓，黄沙苦战多。
长城连绝塞，大漠接荒河。
冷月悲残坞，斜阳眷牧歌。
琵琶生泪曲，玉帛息干戈。

己亥秋归乡喜雨

乡间皆旧景，雨霁觉秋深。

撷碧存思忆，飘黄入耳音。

千言唯陋意，万卷得诗心。

槛外犹斑驳，平明笔下寻。

金山月

一片金山月，凭栏古渡头。

佳人闻折柳，玉指绕纱绸。

半醒风帘静，微醒夜色幽。

谁知青马远，望断暮江舟。

京西慈寿寺永安寿塔

碧柳长河岸，瑰霞染暮天。
寺幽凭古塔，池静出新莲。
碑撰名臣笔，文扬太后篇。
兴亡多少事，一览入云烟。

隆冬游卧佛寺赏梅

旧路何踪迹？黄村野色迷。
潭空无故影，雾冷有清溪。
风送虬枝上，芳飘古刹西。
寒香催自省，此艳亦菩提。

洛中怀古

冬夜时怀古，心思渐渺茫。

兵残鼙鼓息，尸烂戍城荒。

落照关山寂，嚣声耳际扬。

洛中多少战，万马渡河阳！

梦赋丹霞山

梦里丹霞客，岩悬树色深。

云奇开盛景，山险荡胸襟。

胜眺千阶上，抒怀一水临。

风来无限意，明月洗尘心。

明月抒怀

明月三千里，鲲鹏上九天。

壮心怀远志，快意赋新篇。

光照如惊雪，风吹欲裂川。

摧锋舒胆魄，勒马泪潸然。

暮春乡人

乡园时节后，向晚也风平。

旁径无人语，当窗有鸟鸣。

花残翻野翠，雨霁复疏清。

浮梗天涯客，栖身莫可争。

念庚子夏南方等地罕见大水

舟楫漂乡邑，山洪撼大城。

村淹千屋圮，田没万波平。

水患无迟缓，援军出纵横。

何暇石桥毁，泽国恤民生。

偶吟乡城春归

天气移风雨，奔波只乏陈。

果青今已烂，花败昨如新。

乱柳浇愁酒，狂沙送暖春。

游观荒楮墨，路有读书人。

千古边塞

雨霁霞光暖，鹰飞暮色寒。

朔风吹九塞，边月照长安。

羌笛天山雪，羯音戈壁滩。

应知千古事，沙暗隐楼兰。

清华园秋色

清风开远目，锦色正秋黄。

幽竹明窗静，空阶暗径香。

斜晖暖云馆，高月冷虹梁。

忽有林中鹊，时鸣在画堂。

秋赋银杏

今思银杏叶，载得几多情？
摇翠吟幽径，飘黄醉晚城。
千枝侵暮景，万片落秋声。
更向斜阳下，金阶数抹横。

壬寅岁晚有怀

不顾身躯乏，即成南北奔。
重逢叨夜话，迟寐念亲恩。
绕树溪流浅，衔山日色昏。
归家怀忐忑，年俗亦驱瘟。

入冬乡居感怀

今夕通州雪，翛然若有声。

邻家新犬吠，市井故人情。

夜冷花灯暗，街偏陋铺横。

经年多旧忆，忘却待平明。

入清华园十六载有怀

双鬓何由染，荷塘景又新。

名园凭览物，时鸟始招人。

居处生禅意，归行劝宅身①。

枝头花露早，忆得少年春。

①宅身：立身

书月夜江梅禅意

东晋永和间，支道林法师在会稽讲经，僧、士盛集。尝夜出，与谢安、王羲之、许询等名士游于江上。今揣其境，诗以赋之。

鸡鸣山寺小，江冷月如霜。

宿客棋方罢，移舟夜未央。

玄风观气韵，禅意发寒香。

有境无形处，心平竹影长。

题《秦淮雪夜图》

千载秦淮事，无声雪夜中。

波平烟月白，人困棹灯红。

惆怅三杯少，功名半世空。

新坊诗酒滥，老巷曲难终。

夏日即景

池阔清凉澈，波圆岸草纤。
孤亭飞燕子，碧水露荷尖。
惆怅杯三盏，倾心梦一帘。
人言鱼有意，嬉戏浪花添。

乙未秋京师初雪后晴

雨夹三分雪，无闻叶落声。
虽言秋色好，但觉别愁轻。
花诉人间意，诗达海内情。
萧萧风渐起，又见远山横。

忆昔年节

市井燃年炮，黎明一夜尘。

棉衣长补旧，寒岁总迟春。

乱雀飞残寺，稚童攀苦椿。

烟荒生计乏，少有贵其身。

早春登北固楼怀古

举目风光在，今登北固楼。

壮临凭势险，雄视阻江流。

帆楫千年过，关山万里收。

襟怀唯历久，吴地可长留！

早春游金陵老门东

书泽长年润，文章自有风。
重来烟水上，偕入墨亭中。
倦旅应从学，闲游莫放空。
春寒寻巷口，梅影老门东。

赠诗人悦享

长空无雪色，风疾卷浮云。
霜染千年树，情生万古文。
冰心虽易晓，清乐已难闻。
遥想花城月，今朝饮一醺。

春馆雪橙轩

将因风雨后，居久起乡心。
斜径空人迹，闲扉满竹阴。
栖禽高柳密，隔水乱花深。
日落汀洲晚，霞红一片林。

春日寓中有感

多尝烟火味，闲步沐风清。
昨化三旬雪，今融一夜冰。
春眠花已著，日暖鸟时鸣。
治疬人言胜，空悲念往生①。

————————
①往生：故去的人。

返云南信步乡间

乡步移南国，行间芒果丛。

花田村屋外，闲径夕阳中。

山色呈青黛，云端渐紫红。

鸡鹅暝觅食，虫噪复嗟空。

赴陇右应甘肃兴华青少年助学基金会
理事长陈章武老师嘱题

　　二十三日申时，与甘肃兴华青少年基金会老师、同仁行至黄羊川河，骤雪突降，遂步行涉曹家湖水库，翻王家台，访古浪一中学子家。时大雪纷飞，村落隐于山谷间。

　　　　陇右贫乡雪，沟湖坝上行。

　　　　山村天易晚，柴草路难明。

　　　　尝道寒门户，今闻喜鹊声。

　　　　灶台无垢土，炭火慰平生。

庚子春忆

庚子多寒雪，消融一识真。
霜愁天地客，月照古今人。
岁往苔痕旧，春来草色新。
邕邕鸣不绝，雁阵过江津。

庚子乡夏偶记

流莺烦入夏，晴日暖云飞。
风致衔窗景，云标映夕晖。
群童喧道路，邻媪叩门扉。
鸳侣将新月，相偕共晚归。

观《夜宿山寺图》

凡夫时有愧，高寺一登临。

山月秋鸣晚，松寮夜宿深。

神劳生俗念，人静养禅心。

僧语兼微烛，更残不可寻。

海棠道中即景

斜径喧童语，海棠花下行。

春光增暖绿，天气转和清。

一阵风枝动，千声暮羽①鸣。

还看园役者，虽老尚营营。

---

①暮羽：日暮之鸟。

杭州玉泉即吟

荒翠舟闲倚，英英草自生。
苔深感泉老，鱼动觉湖平。
野水无人迹，幽山众鸟声。
临风展胸臆，雨至气清明。

荷塘夏忆

垂柳苍苔浅，浮云旧忆生。
泉流侵石沥，芦荡响啼声。
暖日千荷密，浓荫半亩清。
斜阳连静水，空向晚波平。

花港观鱼有怀

循荷临小浦，野趣掩高楼。

秀水连湖远，闲亭接翠幽。

红鱼争饵食，青伞伫桥头。

只惜乡音寡，应凭万步留。

即景乡间雨霁

雨霁残檐霤，晨来湿紫荆。

深村无宿客，香圃有新耕。

闾里尘烟静，河边杂竹生。

邻家今识未？空翠鸟时鸣。

己亥秋游北海静心斋

北海园中韵，幽幽此院深。
兰桥凭醉赏，佳对供清吟。
匠巧托天地，文宗蕴古今。
窗明含雪色，炉暖欲张琴。

居中晚行

寒暖皆成趣，独怜逗邑乡。
疏窗衔晚绿，暗径间秋芳。
竹院人归静，松亭夜转凉。
何须相比拟，莫厌笔耕忙。

老友久别重逢言怀

故友重逢地，空嗟识不全。

鸟鸣深树里，童逐晚垆边。

把盏抒谈兴，倾怀复割鲜①。

归时看月色，依旧照流年。

暮春闲笔

春归烦躁客，生息起尘烟。

晚日平林外，疏云远水边。

偶闻乡妇谇，无赊货郎钱。

别有频啼鸟，农炊似辋川。

---

①割鲜：此处指烤肉。

暮春乡中

花谢转清阴，鸣禽隔水寻。
风平浮柳絮，地远杂乡音。
野碧新塍浅，芜丛老径深。
天长闲客意，日暖倦人心。

暮春夜读

阴晴时变幻，思绪转虚空。
暮合人声远，星寥月色朦。
半庭流水石，一夕落花风。
掩卷红炉响，停杯悄语中。

暮春圆明园口占

栖鸟鸣风柳，云山向远伸。

残垣犹有恨，胜境几无尘。

草动沙中雁，舟横水上人。

湖塘杨絮白，又送一年春。

曲院风荷有怀

一岸乡愁地，清荷发旧思。

院中藏秀水，桥下映虹枝。

风疾舟行远，人留日落迟。

滔滔湖色白，山外雨来时。

三月十八日停电即咏

小邑添新站，将因解电荒。
妇孺相笑语，父老话炎凉。
纵目千山远，含情一水长。
彤云衔落日，暮尽满星光。

苏州拙政园即趣

姑苏多雅趣，穿巷转南行。
曲唱空园第，人传老宅名。
荷风消杂虑，竹影适遑宁。
拙政尘寰外，玲珑捉夏清。

夏居临潮白河畔偶得

雨霁临堤岸，云霞晚照中。

喧童出鸥影，钓老隐芦风。

草浅添新碧，江清染旧红。

昔年乡下客，归返月当空。

乡居即雪景有作

乡间居日久，情味不相同。

夜幕红灯里，晨梢白雾中。

人归庐舍静，雪落竹林空。

小径何人扫？田家一老翁。

乡居思远

曲径从云水，闲门掩雾松。

孩童多不识，野老少相逢。

杏子生将落，桐荫复见浓。

时看先父影，忆里满慈容。

偕泽岚春游樱桃沟抒怀

怅忆韶华远，重来忘此身。

云光为一澈，风影望无尘。

入寺芳菲晓，临湖烂漫春。

相逢又三月，莫笑白头人。

偕泽岚游春偶得

溪径寒枝发，墙头探一柯。

深山存旧茸，高寺有清波。

瑷瑭云流绝，参差竹影多。

今时寻魏晋，修古忘蹉跎。

新学期步清华园偶吟

清秋开一季，循径渐晴空。

水木云光外，鱼荷波影中。

宏堂喧学子，旧刻辨师风。

谁觉襟怀久？往来行色匆。

徐步园中赏花

近晌榆荫里，南园少客行。
芜丛添野色，流水杂啼声。
年久门扃锈，人疏石径青。
墙边花隐士，斜倚数枝横。

雪楹轩晚照有怀

胜景尘寰外，江天一抹红。
清流潜叶底，锦绣满城东。
绚烂云蒸晚，澄明雨霁空。
飞花成往事，旅途辄经风。

游姑苏虎丘即吟

姑苏虎丘塔，游览竟何如？

禅寺深含翠，山房妙致虚。

遐观藏典故，幽寄阅经书。

鸟啭闻清婉，林泉可结庐。

游杭州虎跑寺

淙淙溪水上，拾级渐神生。

老寺门长闭，高泉水欲平。

临难无捷径，去惑只天行。

若识谁知雨，空山鸟一声。

游留园有怀

西往阊门外，留园静集虚。

轩窗含邃宇，湖石夹新蕖。

雅致寻长古，清幽识一初①。

松风闻讲道，窥得袖中书。

早春随占

乍暖延时序，迟迟物不舒。

苔痕生断壁，雨意蕴深庐。

酒肆因名老，人情为利疏。

春风吹几代，于我羡临渔。

①一初：本源、初心、智慧。

五绝

秋游老府赏联

庚子秋，八月初三，余重游恭王府，观诗联展，间有老者题联，运笔殊辣。更兼秋涵园景，诗以赋之。

年高文笔老，竹静晚风清。
寻迹尘烟外，秋深又一泓。

夏村偶吟

蝉噪清风柳，莺啼老宅门。
深堂悬草字，碧水绕闲村。

春盼

风日消残雪，桃花落雨时。
江汀新柳色，双燕晚归迟。

春日有感

孔府开春祭，花灯白鹭洲。
虽云年俗异，万里共乡愁。

冬雪

长安三尺雪，建业一朝晴。
多少千秋景，人间故国城！

黄河冬韵

古道平川远，新村细陇长。
雾匀天水色，暮结晚林霜。

岭南冬雪

院冷空阶碧，江寒满目清。
冬来春尚早，倩雪探花城。

秋日池塘

秋声沉冷夜，往事惹情思。
月照无双影，香残有一池。

水木春色

波静映云天，松亭小石边。
荷塘侵水木，翠羽柳丛穿。

寻梅

残雪空山后，淙流白石边。
旧芳寻不见，鸟啼落梅前。

赠宇鹏弟

灞上初霜色，今宵入夜寒。
浓情黄桂酒，明月照长安。

怀思

溪鸣空晚径，明月照松枝。
芳草生春意，萤光动远思。

七律

早春游庐山

天色阴晴九派东，庐山莫测暂无风。
凭高俯视云相近，拾级登临势不同。
一脉临江称险峻，千峰拔地见奇雄。
谁修万里逍遥志？应觉尘埃了悟中。

早春瞻园怀古

南都名苑景参差，身世寻来有几时？
碧水明廊亭侧语，寒楼掩户竹中诗。
齐家剽急多难惬，居养长修自可持。
消逝争流王霸气，三分春意上梅枝。

中秋望月有怀

一返青春数十年，忽来梦里境如烟。
才知橱柜香油寡，更送邻家辣酱鲜。
虫噪苔垣枯井后，人围茶凳老槐前。
儿童好问中秋事，帘外今宵月又圆。

沧浪亭即事

沧浪风亭消暑夏，苍苔故瓦俨凉阴。
含烟阁畔浮生记，映水楼头骚客吟。
竹探回廊通石屋，窗窥邃宇掩桐琴。
丘园夙有人经略，正合清风把卷心。

初春寓乡避疫抒怀

河隈萧瑟随寒去，音问无忧便是春。
梦里匆匆同路客，羁中惘惘异乡人。
诘明瞻信知朋辈，当晚谈闲念至亲。
未料风云何故起，但看星月若将晨。

初夏乡情

河湾东向左堤横，一片高荫入夏清。
纤栅精棚藏里舍，粗滕短竹狎篱荆。
青桃茅店无人径，紫叶深坊杂鸟鸣。
甫①过邻家花草地，欣闻音讯远嚣声。

①甫：刚才。

春分乡寓

去岁今朝碧柳新，今朝田雀聒清晨。

时来寒雨生春草，长向青山识古人。

文火煨汤宜缮性，香花熏册洽修身。

应知天下多游子，猝踏归程更念亲。

春游圆明园抒怀

盛衰于人何感慨，此间曾是帝王宫。

残垣草掩明光里，断壁云开野色中。

水涩潢淤舟泊老，春生烟絮鸟鸣空。

农家不记康乾世，七月湖塘又采蓬。

登苏州穹窿山、西山观太湖

云峰绝顶瞰吴中，满目浓荫出蓊葱。
一脉清凉循御道，千竿翠竹蔽穹窿。
繁香因供存身境，妙手谁传调膳翁。
更览水天相接处，烟波晚醉暮山东。

登西湖小瀛洲

　　辛丑年六月十四日，乍晴乍雨，时明时晦。逾巳刻，偕泽岚过映波桥，抵苏堤码头，乘舟登小瀛洲。回廊跨池，风荷映日，远近成景，岛外水中，三潭印月见焉。余感：不临此岛一十又九年矣！复念先人已逝，风景依旧，物是人非。恍然心目，提笔泫然。

　　　风卷清波翻浪涌，何时西子又重临。
　　　云光仙岛连晴雨，鸥影神潭间好音。
　　　逐笑来舟呼狎客，凝眸远岫识孤心。
　　　儿童素喜闻亲语，孰料成年旧忆深。

丙申端午诵《楚辞》有怀

沧海云霄翻日月，江涛谷壑裂乾坤。

诗锋抱恨托神意，曲调含悲为国魂。

壮色微醺看碧剑，豪情畅醉掷金樽。

凝弦婉转千秋品，纵笔逍遥万代论。

参与"炭火教授"赵家和雕像揭幕仪式作

虽云万里未难行，缅想依稀赴远程。

役役喧嚣忽十载，萧萧寂寞至无声。

文章笔下人心善，茶水炉间炭火明。

风骨襟怀松竹老，长将痛处念苍生。

初雪

残秋光景雪中寻，黄叶丘池晚竹林。
货肆无声来熟客，荆扉半掩过寒禽。
高低漠漠浑天地，远近茫茫蔽浅深。
念是人间填口腹，应知虑久起焦心。

春忆

春来几度供年轻，柳胜韶华草复生。
山寺林岚邀客影，桃花雨意返雏莺。
犹怜风路频呵手，更忆尘沙未点名。
消息缤纷增岁月，谈中笑罢默无声。

大漠怀古

轮台一去两千年，残燧连沙月冷天。

曾响嚣声盐泽北，遥看铁骑玉门前。

挥戈伐鼓关城下，沫血惊风耳际边。

多少征夫驱苦塞？斜阳犹照汉居延。

冬晚有怀

高鸿可数几归程？寒木萧萧意未宁。

消却年关嘈杂语，空寻日暮寂寥声。

风云惯得因时会，世事闲看以俗成。

短竹当窗应识我，苔岑①三载共兹青。

---

①苔岑：志同道合的朋友。

冬夜属文有感

黉宇萧条已入冬，时闻鸣雀晚风中。
归家继以长灯苦，搦管尤将简稿充。
自古文章诚可鉴，而今翰藻觉难通。
固当钻味抛烦切，莫可遭回万事空。

感《玉影冰姿图》梅花寄怀

寒香静月何从拟？雪落翩然似有知。
昔日留芳寻墨意，今宵傲世待心期。
桂宫不弃吴刚老，乡邑长怜士子卑。
见得春风吹海内，修妍动魄在虬枝。

关河

关岳重重落日洲，孤帆万里暮江头。
将抽碧剑风云阁，且把金樽日月楼。
千斗心湖盛烈酒，一怀身世上轻舟。
纵歌今向长天啸，舞罢中宵不是秋。

观大禹治水图有怀

千川总治百工忙，大禹之功上古彰。
刊木劬劬修洛涧，条源役役迈荆襄。
因知水害宜疏浚，岂御洪潦辄堵防。
华夏蒸民其后胤，凭将德政比甘棠。

观郭石夫画有得

人言妙境在环中，京韵京腔作画翁。

点染沉雄张物性，勾皴曲直出天风。

灵机纤动多回折，大气浑豪复贯通。

落墨随分无意处，长年一宅①久生功。

观刘曦林画有感

神来妙笔每相宜，艺海春秋蔗境时。

杂果留痕增裕旨，家蔬入墨若无施。

随勾藤茎空看处，点染盆花最起思。

局大何须为重彩，应怜石侧出旁枝。

①一宅：安心于道。

观图偶吟

野浦无舟天地迥，空林岑寂远氛埃。
逍遥仙骨山中往，潋洌清泉竹外来。
充耳甘言非夙愿，三分闲趣岂新裁。
谁题卷首东篱菊，曾向秋阳默默开。

观《雪山萧寺图》

一轴崇山出画工，尤怜墨色半朦胧。
闲庭寥阒霜天晚，孤寺寒凉雪夜中。
万古江河流不尽，千秋日月转成空。
人生恰似欻然客，快意犹如飒戾风。

过年

年庆顷来尤觉短，亲情存问在遥乡。

江春山巷饶芹笋，岁晚盘飧杂稻粱。

礼乐家风仁且肃，宗祠文韵厚而长。

儿时记忆多留好，熟味别时千遍尝。

寒春乡吟

小植经旬似出芽，朦胧绿意上枝桠。

人情胜日千般好，生计当春十万家。

犬卧门头长板凳，鸡鸣窝外短篱笆。

乡中漫步无人识，老树而今正发花。

京城海淀

居处人情都已远，清秋光景淡云天。
今看霜染西山树，故有禽鸣北坞田。
春日长河浮柳絮，夏阴深院落榆钱。
儿时入耳京华事，漫似斜晖洒玉泉。

芦花明月弄扁舟

佳人孤枕恨春秋，仙侣相思怨渡头。
料得芳荷如密约，会当盛夏发清幽。
大风云意罗浮顶，烈日山光白石洲。
荔子红时呼一醉，芦花明月弄扁舟。

清华园春日抒怀

北望群山忆楚材，雄关塞外为谁开？
棘丛曾是千骑过，草色端详几度裁。
扶柳春痕今又是，啼莺晓梦往时猜。
芳菲初发良相似，心志何须随境来。

清明寄怀

只道清明雨若丝，阴云掩昼更添悲。
由来柳絮为伤赋，俚教梨花对挽词。
旧日鲜颜存梦里，今朝故影伴闲时。
依稀问我春安否，绿满枝头梦醒迟。

秋居雪楹轩

池边小圃窖边锄，竹树相邻百户居。
老架慵翻唯日录，新庖勤治间时蔬。
秋深野趣闲中得，夜半文心自在余。
连雨寒霜伤苦菊，乡翁片语不言虚。

秋居月下偶吟

乡居已倦辨乡音，世老人繁自古今。
竹下回风须掩户，松间流水欲张琴。
时传田亩乌莶语，惯得诗篇钓叟心。
晚步秋凉声渐旷，灯窗云月事难寻。

秋日即景

东向平川多景物，征鸿杳杳入烟云。

半规冷照天边月，一片斜晖柳外村。

记取开怀诗伴酒，无知别意曲随人！

今朝花影犹如故，秋日无风也似春。

秋乡晚作

新居老户共街坊，隔水林烟远暮光。

胸臆难达凡梦浅，书堆为伴慧心藏。

亲栽荻薯无肥瘦，人种藤瓜有短长。

莫惹货郎迷道路，蛩声时断晚秋凉。

秋乡杂吟

关门掩卷品茗茶，秋藤秋雨落秋花。
荒诗一首何须有，旧箧全筐只顾拿。
搭手登阶称熟客，迎门入铺认邻家。
人微事涩殊难解，忘却沉浮摘菜瓜。

秋月

多少幽情曾唤起，悲欢几度月初辉！
悬空皎皎今犹是，照影悠悠古往非。
悄盼佳音天与合，暗怜惨别燕分飞。
当时相顾难相忘，望月思君却未归。

壬寅初春雪后

晴春融雪檐流响，背日犹存尺把余。
自笑空闻天下事，每眠斜倚枕边书。
邻人寡语培花草，乡老当家理菜蔬。
举目黄莺啼不绝，何辞万祷复如初。

壬寅春乡居即事

谁家芳草出新泥，阶下篱中饲土鸡。
村稚相呼奔不止，童生临考卧难栖。
空街竹响人煎志，近午云阴鸟倦啼。
乡老何时来博弈，春风院外几株梨。

壬寅冬日晚思

墙萝堂竹久蒙尘，岁末门联又一新。
好梦将成风未暖，羁栖欲破柳先春。
邻家笃负撑持力，亲老艰安养恤身。
飞尽昏鸦闻社鼓，偏村始有赏花人。

壬寅年高考发榜勖学子

壬寅新榜胜雄雌，飞翥云霄意不羁。
役役同窗争紫陌，依依父老送村陂。
才高莫叹长埋没，天赐终酬每笑痴。
骄妒成愆伤善性，人生当忆最难时。

壬寅深秋偶感

邻人已去剩黄花，旧屋枯藤一架瓜。
犹记春闲新出笋，何堪暮尽又飞鸦。
垆间犬吠迷来客，篱外童呼忘返家。
常有迁讹君莫问，寒秋夜月照苔莎。

入冬感怀

寒鸦已倦黄昏树，孤侣尤知冷夜长。
纵有相思凝作雪，何堪遗恨化成霜！
金樽盛满离人泪，玉盏存留昔日伤。
晓梦迟时风正好，只缘心意寄朝阳。

随感

关河远望晴风里，日落红霞映海天。
我把金樽为宿醉，谁将玉笛动平川？
斜晖极目高楼上，归客空心碧水边。
欲问胸怀何处释？飞鸿遥上暮山巅。

田园春步

田园植树早成林，好景看时喜不禁。
乡下瓜蔬无苦涩，炉间汤火有真音。
民风欲晓观南北，世事每疑阅古今。
复值花开二旬日，兴来闲步讨春阴。

夏日乡居有感

世幻时移经数载，迁来一隅觉沧桑。

休教遗恨人生短，自是乡愁梦境长。

邻媪纳凉留竹凳，鸣蝉聒噪向楼堂。

应知郭外平凡事，老铺晨昏到货忙。

乡春偶吟

年来乡俗久相因，物候经冬欲返新。

惊蛰云开期日暖，清明柳绿入园亲。

花招戏蝶难收翅，叟逐顽童已忘身。

人道田间风日好，白梨黄狗正当春。

乡居厨乐

白河风景初秋月，相识红霞又晚乡。
辣出瓷盆腌老料，香匀陶瓿煨高汤。
葱头少置休他悔，烟火多燻不自诖。
碗筷谁知何算净？厨中亦觉有玄黄。

写意明人张岱《西湖梦寻》

张岱曾曰："余阔别西湖二十八载，然西湖无日不入吾梦中。"明季清初，杭城"歌楼舞榭，百不存一"。余今叹其遭际，写意于诗。

断桥晚向行人绝，西冷莺啼隔岸闻。
入目深春半湖絮，存身残月一闲云。
谈中寡语无晴暖，梦里孤灯又醉醺。
恍若笙歌帘色外，回看花叶落纷纷。

忆辛丑年夏品姑苏佳肴——裕面堂

夜景繁华酒肆隆，虚窗何必待秋风。

浇头兼惹文人墨，巷尾犹藏戏曲红。

一念寻香投面馆，随分玩月购莲蓬。

灯船摇曳生诗稿，方觉怡情少费功。

早春游焦山

岁月雕削若斧斤，西津渡口益缤纷。

人间为善千年是，商旅行艰一水分。

客问唐碑饶细品，僧言吴语耐详闻。

舟迟寒影衔山远，日晚江头欲出云。

旧游南京鸡鸣寺有怀

古刹名声播远长，登临已过马头墙。
六朝风度存神塔，千载奇闻出庙堂。
玄武湖烟增暮色，乌篷船月属山光。
今人未睹东吴苑，只叹沧桑在夕阳。

立春雪后乡居闲步

春彩门庭饰比邻，檐霤滴响扫沉阴。
数丸残柿枝头挂，一径清寒雪后寻。
间寂闲来人偶语，童呶纷往鸟丛林。
不堪屏网观卑俗，颠倒年轮乱古今。

暮临柳浪闻莺即景

福在神闲功在长，暝中白浪只苍茫。

隔桥门锁周家宅，入径烟深万柳塘。

风起浮岚斜暮影，波横遥黛衬云光。

吴山此季时晴雨，西出湖隈又水乡。

沙尘暴

尘暴临头夜半旬，桃花枝乱鸟飞惊。

携来毒秽千钧势，抛撒黄沙百十城。

天际无边冥气色，窗间满耳怒涛声。

因思雨后增春意，又是悠悠草木青。

随甘肃兴华青少年助学基金会赴陇右应
陈章武老师嘱题

陇原今有通天道，雪色连山出北凉。

不见铁犁耕古浪，犹闻金鼓战姑藏。

彤云牧场多牛马，黄土沟滩少谷粮。

情自人心生远志，应知爱念更绵长。

探西溪湿地偶得

桑茶生计与醪糟，今向西溪览一遭。

湿筱鸣鹂空树影，深荷藏鸭暗波涛。

陂塘野荡多闲钓，烟雨偏村绝响缲。

曲巷煎茗船候客，应怜乡味桂花糕。

夏忆乡园

河畔人家老柳垂，乡畦半亩短疏篱。

林间伴侣偕行处，水色斜阳静照时。

炭火茶烟长不厌，楼台花木若相宜。

凉荫小坐闲消暑，栖鹊鸣蝉共一枝。

夏游瘦西湖

一片鸣禽去不还，空槎僻处使心闲。

烟横桐院深为宇，雨霁荷塘浅作湾。

风影时浮大明寺，清荫半入小金山。

问君何事迟游步？竹柳楼台傍水间。

乡居怀古

舍止之乡何处是？京榆故道晓风清。
渔阳戍角凄边月，上谷寒冰断古城。
朔漠洗戈收白骨，荒滩饮马结残营。
独怜花落斜阳草，暮色苍茫右北平。

乡田小景

遥看野碧属田乡，碕岸高低隐数桁。
晚影疏篱闻犬吠，清风隔圃杂花香。
鸣蝉苔沏新荷的①，聒雀幽帘老竹堂。
聊备诗茶还等雨，山杯一盏解炎凉。

①荷的：莲子。

乡夏逢暴雨有怀

盛暑炎蒸白水闲，殷雷携电乍临湾。
流湍积潦淹南圃，雨气含云覆北山。
楼外滂沱迷竹色，庐中謦欬弈棋间。
因思年少长辛苦，犹有货郎仍未还。

偕泽岚游十方普觉寺春日即景

岭外幽深少客行，孤村寒寺草青青。
日闲禅舍无僧影，风动花枝有鸟鸣。
连月尘霾与冬去，十方山水共春生。
樱桃红煞堪谁摘？沟壑长临识晦明。

辛丑夏初行次扬州作

暑色含烟晴日游，江都城老觉悠悠。
谁传一碗阳春面，更喜三分菜籽油。
港汊街桥深宅院，影堂灯火旧门楼。
维扬画舫今犹在，月照东关古渡头。

游漓江有怀

漓江行次下晴川，极目闲村有剩烟。
言外云痕三座寨，谈中山色半程船。
沙明岸仄衔澄水，湾转峰奇耸碧天。
万里风光因动静，人生长是一周旋。

辛丑夏重游杭州晚临平湖秋月

　　辛丑年六月十二日申初，偕泽岚抵杭。已而，乘画舸游湖。登岸，则暝昏矣。游人踵趾相接，如织如潮，循湖经断桥，达平湖秋月。时台风"烟花"将袭，风携微雨而作，但见明月高悬，疾风吹浪，游艇披华，烁烁其光。复念先祖母、先父见背，八年后重踏故土，可发一慨。临湖赋此。

　　　　形性长由景不同，杭城重到觉尤空。

　　　　堤头倦客荒千步，山脚初灯弄百工。

　　　　浪打断桥知雨意，禽飞葛岭起湖风。

　　　　今宵明月怀思处，船影涛声远近中。

雪楹轩乡居作

春来避疫多宜静，闾里时闻古曲音。
清曙犬欢乡客息，黄昏人倦宿烟沉。
田间两道沟塍径，村外三方水渚林。
闲日空叨功利事，莫如饶取读书心。

游姑苏盘门怀古

西瞰盘门古渡头，沉戈遗迹付江流。
先秦卿相多弘烈，晚近诗人偶说愁。
阶草明鲜侵碧水，翁城晴丽隔沙洲。
千秋抱势雄关在，万古销锋王气收。

游苏州石湖

向晚偕泽岚赴石湖，途遇大雨，到湖隈乃霁。极目
远眺，风定湖平，云霞壮美。于吴越荣记饭后，循湖而
南，晚光湖面，饶有风致，近二更而返。

闻雷撑伞过盘门，变幻炎蒸气若吞。
雨霁平湖波自静，风停闲坞水无痕。
深街客步逢仙阁，落日霞光笼暮村。
纵目彤云山色外，天人一许道心存。

游苏州网师园

临水吴居杂熟畦，网师园向旧坊西。
无人有语山房邃，生客惯知篁竹低。
入槛楹联仙骨笔，开轩渍墨道心池。
丘池终作游观地，文萃家风鸟细啼。

寓雪楹轩避疫有感

临寒欲问春来否？一树新梅暗发香。
消歇喧声鱼市冷，从教弦诵日光长。
禺中农妇淘炊饭，暮里田翁籴谷粮。
犹道人间消息紧，应怜寰宇共炎凉。

独步园中偶成

独步园中竹柳前，繁花怒放欲绵延。
权将翰墨风骚季，分付芳菲雨霁天。
道是名村多匠手，原为僻邑少人烟。
春风暮色饶余兴，回首何时月正圆。

庚子避疫乡中偶吟

庚子何时成旧忆，年更节序疾如风。
寒收日暖冰消尽，花落春归气转空。
芜草滋生烟涨北，乌云乍合雨忽东。
嗟咨百俗多由疠，留在民间口语中。

庚子年初乡居书事

雪落人闲适久居，锅台米豆间青蔬。
田家炉暖鲜姜蒜，几案茶香旧版书。
晚食清舒三碟盏，晨炊孤寂一村墟。
难言世俗生悲乐，但作修身入有无。

庚子年十一月初偕泽岚
赴全聚德烤鸭起源店有感

崇楼瑶甃青街石，似见旧时车马尘。
一灶砖炉传字号，满堂风调焕精神。
功夫尺寸分高下，艺道毫厘有屈伸。
莫道此间唯品味，心头悲喜亦由人。

观张大千《庐山图》思李白诗意

墨色淋漓为大卷，神来画笔见诗风。
鸣禽高竹开奇境，飞瀑深烟出彩虹。
孤客听松心去远，谪仙窥谷意生空。
长江隐在云山外，流向茫茫天海中。

过九溪十八涧

六月江南鉴水痕，钱江之北有乾坤。

洪湍滚滚愁溪径，雨色濛濛过寺门。

岭脚高亭留石刻，林间深木出云根。

溪山湿翠生烟雨，十里茶香百户村。

旧游南京怀古

钟山俯瞰知形胜，高阁巍然郁翠中。

烟户千重聚王气，城隍百丈带江风。

弦音婉转秦淮岸，眉样争传永寿宫①。

昔日舳舻今不见，当年兵甲少由东。

---

①永寿宫：代指宋武帝刘裕宫苑。

乡中一隅

轻烟遥隔新河柳，久别他乡作故乡。
雨歇更浓春草色，风来又暖碧云光。
晨行溪畔三分醉，晚步桃林一径香。
惯得心思长淡泊，岂因福祸道沧桑。

游桂林眺览山水

城垣就势傍雄奇，明丽仙峰碧影垂。
独钓闲纶临渡远，扁舟解缆借风吹。
一方山水因人拟，千仞岩崖伺鸟窥。
复值苍天虚此境，无花无我亦无思。

七绝

丁酉东郊即景

野翠长堤送晚风，遥看花叶影朦胧。

波连远树烟光静，尽在斜阳暮色中。

丁酉年逢春雪有作

一抹愁阴低水木，尤看池色未将春。

寒梅红彻牵何忆？疾雪黄昏袭向人。

古城墙春月

城隍千载浸风尘，寂寞花开几度春！
应识相思是明月，清宵曾照倚楼人。

古春

风暖桃红又一春，芬芳半落有离人。
古来花月依杨柳，莫道初心不是真。

古渡春意

吴天乍暖风犹冷，夜半灯船浦口春。
江上风箫声渐远，月斜花落画中人。

观春节后返程有感

楚地青条将欲发，云间雾色白江津。
君看天下离情苦，南北匆匆忘返人。

寒香千古

深巷门庭度梅曲，寒香雪月冷烟云。
人言此韵多风骨，常做花中第一君。

红梅

一声啼彻腾飞鹊，雪衬红梅月下姣。
自古寒香知墨韵，托来此艳报春梢。

京城春色

今春帝里春浓否？小燕颇知画阁高。
欢意偏存烟色里，飞从墙外碧丝绦。

临秋夏忆

蛩声宛在东篱侧，夜搅幽窗入枕迟。
犹记聒蝉鸣一夏，如何盛噪久难持。

暮春随感

花落春归何似古？蒹葭明月小溪桥。
惯看灯火繁华久，醉享临波一洞箫。

南国春意

南国风情千种好，一壶花月一壶春。
江头古意谁人晓，画里箫娘可是真？

戊戌感春

苏枝新绿映莲池，雪霁晴风复暖时。
岁浅花深春色里，人心不负苦相知。

霞染苍山

霞染苍山水映楼，林深泉冷月华幽。
江潮无尽春常在，多少年华似水流。

早春栖霞寺桃花始开

入寺循阶有鸟音，春寒晓雾半青林。
山花又放江头外，宜向人间清静寻。

庚子初夏返京偶拟

花落烟横天色晚，云收鸟倦意沉沉。
忽而抬眼枝头碧，长动人间久别心。

庚子乡居喜雨

长寓时闻烟火味，依稀梦里故城新。
今宵好雨经寒久，报道人间已是春。

立秋乡居书景

乡中日缓听人语，一晌童喧晚竹清。
子夜初凉新雨后，谁家窗底又虫鸣。

平江路茶馆听评弹

两岸临流一水乡，小桥深巷是茶坊。
吴丝慢弄迷魂调，唱罢灯昏夜未央。

赏关山月画作抒山暝晚归意

茅茨半掩竹篱扉，向晚山朦水色微。
噪雀林梢争啄食，斜阳钓老踏歌归。

同里游吟

古镇渔乡多醉雨，当年门巷盛衣冠。
人家客栈临街市，桥外垆烟隔水看。

望荷塘芜碧有怀

潢池常作经年忆，柳重花稀满目空。
水浅烟深生蕴藻，流莺啼里又荷风。

夏居乡间偶得

果饵蔬粥杂夏花，凉风篱下摘秋瓜。
斜阳街肆逍遥客，老瓮香飘一酒家。

乡春抒怀

日暖乡童唱晚风，桃花溪水一田翁。
须知逗在春光里，不觉身劳时序中。

乡间花艺

乡天雨霁出红霞，日暮篱边一径花。
野老久居生匠艺，清风垂柳半农家。

乡居逢春雨即景

临窗乡境入神思，晨噪林间客不知。
才觉芬芳借春雨，儿童笑逐折花枝。

丙申春寒

二月春光连塞北，遥山暮色景如裁。

云中新古堆荒土，认作千年点将台。

丙申春颐和园拾翠

碧水潆洄风意满，芳春无物不新裁。

园花犹记江南梦，檐下幽幽径自开。

晡夕雨后

黄昏一场潇潇雨，洗尽烦尘碧叶舒。

更有清风吹柳岸，小塘喜得露芙蕖。

初春晚赋

新啼旧柳千丝里，晚雨初晴百味中。
笑向春风书劲笔，漫将花意送长空。

初夏夜

梅子香飘今入酒，凉飔畅好月将圆。
柔光疏叶筛幽影，夏夜风灯伴未眠。

春风寄怀

江淮新碧弥川谷，二月芳菲遍水乡。
恰似东君拈画笔，梨花春水柳鹅黄。

春柳

西苑新桃别样红，古城烟柳笑春风。
人从光景心随梦，多少芳菲晚照中。

春日过万寿寺即景

万寿寺东花落晚，风轻日暖更无尘。
清波不识离人影，犹自空流又一春。

春色

梨花几树招人醉，旧景相逢似有情。
水绿风柔春醒处，云湖照影欲生萍。

春问

时序年年一如此，青山阅历几多春？
风情莫向桃花问，三月芳菲柳下人。

春至江南

桃花似解东风语，画柳芊芊倒影岚。
雨色楼台连碧水，春如淡墨染江南。

怀古

怀古之一
——西汉元狩四年大破匈奴

柳外未央秋色重，将军①奉诏讨匈奴。
连番谒者巡安邑，掼甲雄姿出帝都。

数万郡兵驱两翼，北军精骑震天呼。
黄沙飞滚尘遮日，擒获名王满路途。

大汉开边八万里，漠南胡虏旧庭芜。
朔方烽堠狼烟尽，六畜不存野旷舒。

意气直冲宫阙上，声声谈笑在承庐。
诞姿飒爽骄容色，遂志方才弱冠初。

①将军：指冠军侯霍去病。

怀古之二
——唐贞观九年破吐谷浑之战

凉州古道征尘起，塞外烽烟万马驰。

青海孤城悬陇右，黄尘一片玉门西。

轻卒日旦临荒碛，两路合击吐谷魁。

曼头①鸣金声阵阵，隆冬马步过清溪。

诸军奋力关山险，红帐之中见胜机。

骁骑名王成缧绁，突伦血战染旌旗。

旋师远望八千里，瀚海平沙落日垂。

唐自矜夸玄甲士，仆射②老去焕雄姿。

---

①曼头：古地名，今属青海。

②仆射：指卫国公李靖。

怀古之三

——汉景帝前三年平定七国叛乱

城头暮色残阳洗，叛汉兵锋过下邳。
动地金声屋瓦震，铺天蚁众迫围时。

王师劲旅临昌邑，列阵严兵已有规。
遣锐突奔淮泗口，寒风下邑冻红旗。

营前万马嘶鸣起，骛勇千军似浪摧。
累战贼渠无斗志，军崩溃散众心离。

初春泥泞相辚轹，遍野尸横叛乱熄。
数月七国皆敉定，条侯①玉帐信幡稀。

----

①条侯：指周亚夫。

怀古之四

——东晋太元八年淝水之战

横秋落日雁南迁，稍骑西来淝水边。

弥望旌幡延百里，秦师竞渡欲投鞭。

云生洛涧战前川，数万横尸乱草滩。

暮至苻坚经下蔡，凭高远眺夕阳残。

烟遮草木漫相连，恰似轻卒剑戟寒。

铁甲兜鍪隔水列，精兵北府将番番①。

风声鹤唳寿春关，蹈藉人仰战鼓翻。

快报直投丞相府，折屐②而赞谢东山③。

---

①番番：勇武貌。

②折屐：谢安闻淝水之战大胜，狂喜而"不觉屐齿之折"。

③谢东山：谢安，号东山。

怀古之五
——南宋绍兴十年郾城、颖昌大捷

乌锤重铠彤云卷，杂沓纷纭结阵驱。
画角声寒枪戟锐，精骑"拐子"铁浮图。

背嵬①军作轻兵列，重斧"麻扎"旆纛朱。
笠子红缨束甲绊，冲天意气暗云舒。

兜鍪凤翅银山甲，遇敌相撄士马孤。
野旷清风星色寒，陈尸冰水卧泥途。

金兵转向京畿路，百姓泫然望旧都。
赫赫雄风瞻武穆，金漆铁甲绣衫襦。

①背嵬：背嵬军，岳家军中精锐。

怀古之六
——明正统十四年北京保卫战

阳和冷夜暗云生，信使西来入帝京。
但见九门严列阵，寒风肃肃马嘶鸣。

紫荆关下兵锋过，彰义门楼雾色轻。
胡骑如潮迎铳弩，明军苦战结铁营。

疾风雪雨电光横，血洒殷殷染笠缨。
巨炮隆隆摧虏胆，民房掷瓦更心惊。

败兵乱卒拥官道，也先丢盔速突行。
动地惊天勤王事，提督少保赞名声。

怀古之七

——西汉建昭三年陈汤、甘延寿袭斩匈奴郅支单于

云沙万里居延塞，烽燧积薪日渐稀。
孰料郅支①衔旧怨，敦煌斥候往来驰。

陈汤画策乌孙北，矫制发兵赤谷西。
四万屯田兼吏士，连天大漠朔风吹。

扬沙卷地千层浪，八面收围纵火摧。
弩箭腰间旌盾列，将军玄甲罩深衣。

狂飙所向单于死，太子名王身首离。
振旅还师朝汉阙，蒙尘铁胄意难追。

---

①郅支：郅支单于。

怀古之八

——西汉天汉元年至始元六年苏武被扣匈奴十九年

受降城起乌云笼，胡汉相答质互还。
吏士盔缨凝暮雪，南来使者绣衣寒。

虞常谋掠阏氏败，苏武刀横血溅毡。
顿作寒光惊帐幄，威威汉使气节传。

冬来北海鹅毛雪，掘鼠穴中根草餐。
苦地节缨吹落尽，长羁异域望重山。

牧羊长久无消息，一别中原十九年。
已至始元归故里，还来涕泣谒陵园。

怀古之九
——新莽地皇四年昆阳之战

新卒锐甲尘埃处，声震昆阳潕水滩。
刘秀轻骑衔阵走，前军合拢列营盘。

冲轈轰响铜钲振，十丈云车乱旆幡。
弩箭飞蝗如雨下，戈矛弥望势连天。

绿林诸部从天降，纵马呼号旷野间。
敢死军锋摧固垒，群飙奋猛似排山。

忽来暴雨风揭瓦，潕水须臾满溢川。
虎豹之兵相践溺，横流漫野败军还。

怀古之十
——东汉永元元年大破北匈奴之稽洛山之役

人拥马踏填山谷，烽火尘沙掩废墟。
大汉合师鸡鹿塞，精兵直入北匈奴。

黎雍十二缘边郡，宿卫营军挎矢箙①。
马步轻车旗猎猎，遥瞻胡骑阵形疏。

前锋铁胄寒光闪，重甲相搏驷骊驱。
羽箭如蝗飞雨降，雍营侧翼虎贲徒。

狂飙猛士披坚锐，漫野驱驰动地呼。
降者胡番无计数，将军②此战抵忿初！

---

①矢箙：箭袋。

②将军：指武阳侯窦宪。

怀古十一

——西晋太康元年灭吴之战

千帆隐隐连巴郡，长弩顺流水势宽。
甲士冠帻持铁戟，楼船置弩列旗幡。

惊天鼙鼓巫山动，万里江南草木残。
燃炬浇油焚逆锁，枋箅勇士斫锥拦。

吴军结阵城阳外，棹卒抛舟血战酣。
若使柴桑公瑾在，晋师何敢向江南！

丹阳落日街江岸，玄旆撩钩夜色寒。
细雨悠悠飘建业，争功①愈炽为金冠。

---

①争功：指王浚与王浑之争。

怀古十二

——东晋永和八年燕魏廉台决战

尸身乱箭衣襦破，孤雁悲鸣画角残。

血日殷红漳水裂，车轮斜倚冻旌幡。

萧萧边马笳声紧，隐隐铜钲铁阵连。

燕锐援师披重甲，飘飘翎羽裲裆宽。

长矛双刃连钩戟，再战廉台胄甲寒。

野旷铺天刀剑舞，凌霄怒气力排山。

悬殊众寡十余倍，卷地腥风苇草滩。

冉魏①精英零落尽，策勋千载后生谈。

---

①冉魏：指冉闵所建的政权。

怀古十三

——东晋太和四年桓温第三次北伐

神州别恨风光老，六月兴师酷暑天。
巨野开渠三百里，舳舻阻水鼓咽咽①。

晋卒晓战出林渚，连弩扣弦铁甲穿。
血洗燕师清水岸，复通漕渎备舟船。

忽闻燕款约秦旅，馈饷石门转运难。
更苦敌袭粮道断，前锋突阵少生还。

虏骑四出重围密，烈燹熊熊济水边。
莫叹桓温功不就，秋风霎起泪潸然。

①咽咽：鼓声。

怀古十四

——东晋义熙五、六年间刘裕北伐灭南燕之战

征燕檄羽传淮泗，连舫漫江隐隐来。

绝嶂千军拔万仞，晋师呐喊壮襟怀。

偏箱①断水轰隆响，鼓震临朐②苦战酣。

北向兼程围广固，飞楼钢簇透甲衫。

石漆迸火云梯耸，城角檑穷布幔翻。

穿堑长围尸骨烂，姚秦③不至夜渐寒。

遗民齐地降相继，燕主途穷劲旅前。

风冽雄心吹不散，沉沉遥望故国天。

---

①偏箱：偏箱车，古代战具。

②临朐：古地名，今属山东潍坊。

③姚秦：十六国之后秦。

怀古十五

——东晋义熙十三年刘裕北伐破北魏、灭后秦之战

雄关雉堞残阳外，震地鼓声宣虎威。

直出兵锋临蒲坂①，朦艟舄奕②雁孤飞。

晋师却月环车列，铁甲千军阵脚开。

鎚迫稍飞惊若电，前横劲弩竖彭排。

马翻踏践人奔溃，矢透襦袍血肉沾。

画角吹寒天色晚，连通水陆会潼关。

斩胄断甲劈刀钝，逆战抛舟泾水边。

横扫姚秦风卷雨，寄奴③意气锦衣还。

①蒲坂：今山西永济市。

②舄奕：连绵不绝。

③寄奴：刘裕小名。

怀古十六

——隋开皇九年灭陈、结束南北朝分裂之战

钟山雾漫苍江隐，北甲遮天背水屯。
恶战荆门翻斗舰，建康城外鼓声闻。

骁卒矫健环刀裂，斩将擎旗万马奔。
飞矢如蝗兵溃乱，草枯风卷暗云陈。

台城耸峙华林赫，余烬烟熏北掖门。
浩荡隋师车业业，衣冠散尽六朝魂。

南来露布千邦贺，翘首销戈几代人！
绣满长安钟鼎食，乌衣巷口忆缁尘。

怀古十七
——隋大业八至十年征高丽及十二年炀帝赴江都

诏令天下征高丽，道路填咽洛口粮。
永济渠旁尸枕藉，戎车南北赴高阳。

绵延甲士弥千里，辎重如山稍炒煌。
累战折兵数十万，三征喋血染苍江。

江都渺渺龙舟备，雕轸仓皇别洛阳。
盛耀陆川华蔽野，却知此去路遥长。

纤夫挽曳隋堤道，夜半歌声带怨伤：
"无向辽东徒浪死，我何疲瘁日无光！"

怀古十八

——隋大业十三年十月瓦岗军洛口大捷

洛南数战闻风紧，烟漫云低稗草黄。

铁甲千重军攘攘，沿河布阵鼓镗镗。

裁出兵弩锋稍却，万马嘶鸣洛口仓。

动地喧阗川水裂，义师纵辔奋趑趄。

横刀卷刃弓弦断，污血喷飞洒箭囊。

骁勇骠骑出两翼，荒原战场野苍茫。

伏尸相望东都外，残旅仓皇退洛阳。

李密盛兵三十万，金钲震耳毁堞墙。

怀古十九

——唐武德四年四月李世民虎牢关大破窦建德

氛埃漫野遮兵锷，鼓角靬訇北鹊山。
探得游骑临汜水，倾巢列甲广陵边。

尉迟①矫健擒骢马，飞鞬扬尘万刃前。
河北骏良纷沓至，骄兵恃众坐沙滩。

飙发千锐惊雷动，卷斾横冲射赤旃。
但见秦王摧铁阵，青骓肆勇剑光寒。

黄沙飞涨云旗乱，靡溃降人满塞川。
厉号声声吹落日，唐军振旅撼重天。

①尉迟：尉迟敬德。

怀古二十

——唐至德二载九月郭子仪于香积寺大破叛军、收复长安

残荒落寞香积寺，东望长安一片天。
漫道云辒遮蔽野，雄师涉水鼓填咽。

嚣声震耳尘埃起，突阵骁骑仡仡前。
贼列盾墙环铁鹞，矛尖斜挺锷光寒。

袒裼奋战执刀进，角刃虎夫应弩弦。
飞矢绝眉皮障目，箭拔肉绽血如泉。

帝都恨别繁华尽，破碎兰乡故国山。
此役尸横填堑谷，闾阎重见泪潸然。

怀古二十一

——唐至德二载张巡死守睢阳城

经年尸骨无人掩，高墉倒挂洫堑填。
野旷胡笳声阵阵，睢阳士马甲衣寒。

并发劲弩飞蝗雨，鼓噪奔呼展旆幡。
手刃格兵刀溅血，虎貔奋鬣将披斑。

贼复增兵多如蚁，攻具围来密似山。
化铁溶金汤灌下，更兼焚火斫营盘。

连番苦战身疲惫，断食绝炊尸作餐。
固保大唐冲要地，城池虽陷赤心丹。

怀古二十二

——唐乾元二年李光弼河阳之战击败史思明

横秋河汭金声彻，贼甲汹汹入洛阳。
唐将轻骑冲铁阵，挽辔跃马短矛扬。

坚叉阻舟烟吞火，砲石迭发箭似蝗。
迫栅蚁兵填堑洫，连番突战血凝霜。

呼声动地浮桥断，燃火焚脂毁外隍。
飞出陌刀穿透背，伏兵纵击乱坟冈。

城南冰水漂尸骨，人溃马嘶遍死伤。
溺毙随流西渚上，残阳一片野川荒。

怀古二十三
——北宋靖康元年"靖康之耻"

金兵锋指刘家寺，雨雪漫天血甲寒。
箭向护龙河道上，云梯碎裂望台翻。

飞横床弩鹅车近，震耳呼声断铁垣。
楼橹①尽焚南壁毁，油喷石滚坠钩竿。

前驱角刃仆城下，冒突担夫溺水川。
泥沼残缨旗倒挂，汴桥尸叠积如山。

南熏门内浓烟起，此去君臣不复还。
和议汹汹无意战，但为胡虏作臣蕃。

---

①楼橹：此处指守城的望楼。

怀古二十四

——南宋绍兴三十一年宋金采石之战

旧壕凄冷凝霜月，闻得兵声满路途。
淮泗天寒无斗意，金人万马过扬庐。

横江千里何人守？铁甲红缨雪映朱。
击水阻船霹雳炮，允文①列阵背芜湖。

平波劲弩旌旗展，神臂弓威斧刃乌。
采石山间民盛聚，一观鏖战走当涂。

云开京口戈船待，胡主却为自乱诛。
此役名臣终拜相，等闲和议付闲书。

---

①允文：即虞允文。

怀古二十五

——蒙古统一十五年成吉思汗西征攻陷撒马尔罕

嚣声隐隐彤云布，极目寒光蒙古刀。

高耸堞墙深堑外，骎骎万马纛旗飘。

回回砲响惊天地，奔命搏杀血染袍。

滚滚火油烟障起，围中绝望乱呼嚎。

劈头利斧横飞肉，铁甲面帘眼似鸮。

羽箭重重魂魄散，人尸半日已填壕。

残阳一道孤城上，过尽虎狼草木凋。

料想西征无险路，几多白骨弃荒郊！

怀古二十六

——南宋端平元年宋军"端平入洛"

烟横雨霁初秋日，孤老扶城日影昏。

疲旅擎旗垂析羽，宋军鱼贯永通门。

万芳高阁今安在，多少丘墟几度焚？

睹见王师含泪诉：洛阳无有半时春！

环溪凉榭曾为梦，秀野台花已不闻。

离雁凄声哀画角，西京悬月更伤人。

忽传蒙古飓风至，叹我菁英悉溃奔。

赢得仓惶粮草绝，何由再建此"功勋"！

怀古二十七
——南宋咸淳八年襄阳保卫战

岘山无奈成形制，百丈崖边垒寨长。
高橹飞檐衔落日，彤云堑壁纛旗扬。

舟师夜半连方阵，烈焰熊熊染汉江。
钻杙断绠当乱矢，虎夫直突奔襄阳。

铁钩锋刺鱼鳞甲，血溅吴舠映火光。
蔽水元军千列下，义兵尽殁北风狂。

西湖歌舞临安酒，新郢烽烟引奏章。
数载战凶浑不觉，重编大捷哄君王。

怀古二十八
——元至正二十三年朱元璋与陈友谅鄱阳湖决战

清秋千里龙兴路，楚地云轻赣水长。

震浦嚣声惊北雁，万舟隐隐现鄱阳。

横风浪起旌旗卷，鼓噪喧天结阵忙。

炮滚艟飘飞羽乱，船胶沙渚战康郎①。

舍命决死吴舻猛，湖彻通红映火光。

负刃执刀冲铁盾，余晖似血染帆樯。

排枪铳弩神机箭，控扼南隅阻泾江。

巨橹微舲随水逝，今朝何必缓称王！

①康郎：指鄱阳湖康郎山。

怀古二十九

——明建文四年朱棣于灵壁之战后下京师并即位

三声巨炮轰隆响，奔溃仓皇顶帽盔。

标铳雷霆矢如雨，朵颜如虎似狼追。

血污沾染长身甲，灵壁烟消日落迟。

匝地连天人鼎沸，瓜州饮马阅雄师。

横江一霎千帆起，浪噗舟船暮色垂。

遥望金陵多险峻，尘飞雾散劲风吹。

文楼烈焰忠臣泪，宵小阿谀胜者威。

宏略难遮夺位耻，江山不以败为非。

怀古三十

——明正统十四年土木之变

六师惴惴巡边镇，败报频传未敢留。
官道京城三百里，遄征不觉近中秋。

怀来东望相将至，蚁众晡时已宿休。
麻峪夜闻金鼓震，胡骑清曙绕营沟。

尘烟腾涨连荒野，箭雨刀丛铁幕蹂。
万马轇轕旌甲乱，横尸叠岗冷云愁。

月升惊雁鸣凄苦，土木腥风惨不收。
殒命呜呼王大伴①，一朝天子竟成囚。

---

①王大伴：指大太监王振。

怀古三十一
——明天启六年正月袁崇焕击退后金取得宁远大捷

萧萧秋色连辽海，关外兵凶雁鹠惊。
遍览山川八百里，前屯晓月马蹄轻。

十万难民拥官道，一片尘埃惨恨声。
崇焕区区寮寀者，刳腔誓死守孤城。

丹书刺血忠臣胆，壮士请缨为大明。
震野胡笳烟障起，憨王率厉选锋营。

雷飙铳闪星流火，野旷隆隆巨炮声。
力挫虏酋骄气焰，举朝欢悦玺书迎。

怀古三十二

——明崇祯十一年致仕大学士孙承宗于 高阳县抗击清军入塞举家死节

一钩残照高阳夜，爝火通宵古堞边。
百姓决然将赴死，巍巍阁老在军前。

虏兵气盛屠州县，十月京师累卵间。
四路西冲畿辅震，铁骑直下陷乡关。

生徒童稚登陴守，奋手千人缊褐单。
故帅束巾亲举梃，儿孙死节北风寒。

轰然铳响刀枪下，沫血楼头落日圆。
皓首妇孺无系颈，满门忠烈史留传。

怀古三十三

——周赧王五十五年秦赵长平之战

上党孤悬韩道绝，秦师伐鼓震长平。
廉颇筑垒为坚壁，铁堑乌云雁唳声。

不枉千金行反间，家儿自负纸谈兵。
武安连阵锋稍却，赵卒铺天欲斫营。

虎旅出奇张两翼，重重剑戟弩戈横。
西河难觅黄髫子，悉诣军前忘死生。

惨见敌楼人杀食，腥风屠戮鬼神惊。
可怜胡服学骑射，赢得千年万丈坑。

怀古三十四

——秦二世三年项羽北上巨鹿大破秦军

人间何处造英雄？定陶残云突变中。

一系胸怀连巨鹿，挥戈飞盏壮长空。

沉舟日晚漳河渡，破釜天寒刺骨风。

决死健儿身陷阵，封围甬道列强弓。

车声骈隐呼声震，白刃皑皑铁甲红。

九战章邯惊百壁，诸侯犹坐望西东。

江东劲旅鸣钲鼓，万马腾尘冒矢冲。

锐戟乌骓名鹊起，掘坑屠戮火熊熊。

怀古三十五

——汉王三年韩信出井陉口大破赵军

韩信出临井陉口，遥遥背水列红旗。

赵军空壁趋旌鼓，角刃铿然战马嘶。

水上阵排三石弩，禺中①诱卒入之迟。

长戈前面双弧盾，敌骑横冲叠乱尸。

候得营空无片甲，选锋奔突可称奇。

雄儿尽拔千幡斾，汉帜飘飘画角吹。

闻鼓震天呼啸起，操弓挽满羽飞驰。

收兵乘胜平燕地，假作齐王更不辞。

————————
①禺中：午前。

怀古三十六
——汉高祖五年垓下之战

汉军新毁鸿沟约，烈燹重燃断楚粮。
权把固陵凭险据，奇谋一出动齐梁。

夜来垓下寒风瑟，十面雄兵困项王。
梦里英姿何意气，今宵帐饮却凄凉。

金戈不为悲歌泣，泪向红妆诀曲殇。
振臂嚎呼皆死士，尤存百骑过淮扬。

东城恶战蹄声紧，阔戟锋芒岂可当！
只叹扁舟难载恨，乌江向晚落残阳。

怀古三十七
——西汉太初三年贰师将军李广利
远征大宛夺取汗血宝马

汉武发兵征大宛，云辎直向玉门前。
驼牛数万敦煌道，无赖从军恶少年。

西域黄沙闻鼓角，酒泉戈壁望居延。
开弓血染轮台月，铁骑汹汹古泽边。

诸国沿途皆供食，扬尘千里欲遮天。
宛民疲弱难迎敌，烈焰熊熊落日悬。

共约杀王唯恐慢，纷纷出献竟争先。
贰师由此加功爵，宝马东归白骨川。

怀古三十八
——东汉建安五年官渡之战曹操大破袁绍

袁绍精兵十万人，东临白马向延津。
前锋初战风云起，官渡曹营扼险屯。

霹雳车成高橹毁，砲梢飞石力千钧。
相持半载为坚壁，画策奇谋有智臣。

夜袭乌巢焚积聚，惊天一炬化灰尘。
曹军轻锐经鏖战，烈火之中恰似神。

名将冲营皆释仗，袁师大溃奔河滨。
残兵蹈籍无穷计，父子逃时冠幅巾。

怀古三十九

——东汉建安十三年赤壁之战孙刘联军大破曹军

隐隐嚣声震楚天，轴舻①万里水无边。
江东人物风流处，白羽青巾拨五弦。

人道周郎出樊口，悬旌一任向烽烟。
掀波激浪惊涛岸，赤壁彤云巨橹连。

巨橹连成观组练，"明明皓月是何年？"
东风借与艨冲快，火发油柴径突前。

烈焰腾空光照夜，焚燎营落毁舟船。
三分鼎足兵销后，多少奇谋千古传！

————
①轴舻：战船。

怀古四十

——魏黄初三年（蜀汉章武二年、吴黄武元年）夷陵之战

千帆一片下西陵，意气冲天赴远征。
犹忆桃园三结义，今番金鼓入云层。

汉军精锐围夷道，夷道东边乏险凭。
伏谷蒙尘疲劲旅，发鞍①曝日酷炎蒸。

儒生方展平生志，令主为雄半世称。
蜀卒屯营阻江岸，滔天白浪雾洲凝。

夜来风劲烧茅草，四面吴戈烈焰腾。
败将号呼人杂沓，巫山何处望中兴？

---

①发鞍：卸下马鞍休息。

怀古四十一
——西晋八王之乱、永嘉之乱

洛阳残阙烟尘暗，内乱频繁晋室衰。
十六年来多血战，草间白骨堑中尸。

诸王举火操弓矢，萧瑟灵台①日落迟。
金鼓之声犹未绝，流民啸聚苦寒时。

邺城屠戮惊天地，奴婢号呼杂棒笞。
魏晋奢华终掠尽，谁怜人畜死为悲！

王师惨败宁平北，石勒挥军任突驰。
赢得五胡兵燹至，中原再望复何期！

①灵台：在魏晋洛阳城。

怀古四十二

——西晋建兴元年四月祖逖北伐

壶关①惨月邺城②砖，白骨寒风大野川。
甲卒身残疲恶战，衣冠气馁喜谈玄。

将军年少闻鸡起，帕首青衫剑舞旋。
孰道诗书无用处，经纶满腹啸长天。

时逢倾覆人心苦，南渡臣僚几万千？
但为苍生声泪下，神州萧瑟此情牵。

江中击楫凌霄志，不复中原誓不还。
壮士多经戎马久，岂忧猛浪遏舟船！

---

①壶关：今山西长治市。

②邺城：今河北漳县。

怀古四十三

——东晋咸和三年洛西会战后赵石勒大败、生擒前赵刘曜

刘曜亲来争蒲阪①，烟尘暮色野凄清。
骄狂之旅趋河洛，百日疲余钝铁城。

千里山川资石勒，笑谈突骑纵长缨：
"胡儿不据成皋险，却率劳师困旧京。"

奴虏豪酋乘夜色，襄胡间出悄无声。
诸军大会雄关北，猎猎旌旗袖甲轻。

竭冷冰连犹列阵，西阳门②外鼓钲鸣。
可怜坠马昏醺醉，枭杰蒙羞缚大营。

①蒲阪：今山西永济市。

②西阳门：魏晋时洛阳西城门。

怀古四十四

——东晋永和三年桓温攻灭成汉

巴郡林深蜀道空，千山险峻易称雄。

桓温疾踏江阳岸，欲取平川不世功。

卷甲衔枚从涧谷，兵锋望日出荆丛。

晋师坚阵森森戟，成汉长幡烈烈风。

万马腾尘驰铁堑，高隍飞箭引雕弓。

子规深夜啼江血，进鼓鸣声喊杀中。

断剑残刀随水逝，魁酋释仗诣城东。

门楼余烬应犹在，诏旨加封临贺公。

怀古四十五

——东晋永和十年恒温北伐大败前秦

恒温率众发江陵，意气冲霄画角清。
劲旅乘流趋上洛，高鸿断唤武关横。

风吹灞上秦笳隐，日照蓝田晋帜明。
动地千蹄撕胆裂，如蝗万羽迫心惊。

刀矛交错铦兵①钝，弩盾前头跃马轻。
旜②展旌翻成铁阵，战鼙擂破苦拼争。

胡云渐散浮尸叠，暮色沉昏旷野平。
未睹王师三十载，关中父老涕相迎。

①铦兵：锋利的兵器。

②旜：令旗。

怀古四十六

——东晋太和五年前秦灭前燕之战

关河百战悲残破，浩浩秦军誓死征。

月照潞川风瑟瑟，凄清旷野马嘶鸣。

东胡急保沙亭戍，尘涨烟腾伐鼓声。

尽举燕师三十万，贪婪渠帅慕容评。

夜阑精骑烧辎重，烈火通天映邺城。

王猛①抚须无算漏，邓羌②衿甲运矛轻。

弯弓角刃成纷杂，血溅肉飞尸枕横。

骚屑常为人世苦，可怜万乘亦奔行。

①王猛：前秦重臣。

②邓羌：前秦大将。

怀古四十七

——东晋太元十年前秦、西燕、后秦关中大混战

河东烈燹愁云惨，关内连兵走乱羌。

但获鲜卑坑杀尽，氐豪担食助秦王。

新平苦战挑夫绝，渭北冰寒堑垒长。

利刃刺深穿皮骨，雕翎簇疾遍沟隍。

仲春雈莽遮山色，堡壁烟尘掩日光。

屠戮唯为军国事，村墟凋敝邑城荒。

咨嗟雄主亲临战，血流淋漓满体伤。

菹草蓬蒿弥漫野，长安回望暮苍茫。

怀古四十八

——东晋太元二十年北魏于参合陂大破后燕

燕旅兵锋向五原，云低碧野晚平川。
魏军饮马河西岸，铁甲寒光月半悬。

塞草枯黄连杀气，朔风凛冽冻胡天。
讹言慌语惊人胆，太子诸王卷甲还。

征辔乘冰遄夜渡，曦微拓跋正扬鞭。
慕容刀锐多田猎，参合陂栖好入眠。

一觉喧声忽大作，砰然鼓噪已帐前。
梦中身首分何处，惨哭之声百里传。

怀古四十九

——东晋太元二十一年至隆安元年间北魏大破后燕

旌旗漫谷连山野，魏骑腾尘克晋阳。

东出井陉开故道，秋川萧瑟见沧桑。

中山①鏖战严冬苦，戍卒饥寒噩梦长。

楼橹烟残隍圻裂，堑围尸满将凶狂。

两军瞻望滹沱水②，夜袭多因纵火伤。

人马蜂拥相斫射，燕师大败弃攻防。

慕容③皆是精英辈，异志离心各逞强。

父子至亲为死敌，龙兴之地叹兴亡。

---

①中山：今河北石家庄。

②滹沱水：发源于山西，流经河北。

③慕容：前燕、后燕等国皇族姓氏。

怀古五十

——刘宋元嘉四年、北魏始光四年 北魏拓跋焘攻拔夏赫连昌之统万城

传言魏主将西伐，屯聚云辒黑水间。
涧里鸣鞭奔骏马，森森月照拔临山。

苍原深壑藏骁果，统万城坚若铁关。
拓跋①疾驰惊隼唳，赫连②长啸引弓弯。

倾巢一动变攻守，突阵频冲来复还。
流矢伤身何所惧，佛狸③忽坠亦神闲！

伏兵鼓噪因风势，雄杰单刀呈勇蛮。
远略深谋堪灭国，斜阳残壁已斑斑。

---

①拓跋：北魏皇族姓氏。此处指拓跋焘。

②赫连：匈奴妊氏。此处指赫连昌。

③佛狸：拓跋焘的小字。

148

怀古五十一
——刘宋元嘉二十九年第二次元嘉北伐

滑台日晚漫腾尘，鼙鼓之声震浦津。
魏主渡河摧溃旅，南军死者万余人。

陕城攻伐成酣战，但见安都①着葛巾。
瞋目横矛当者殁，因抛具甲若天神。

谁言宋将闻风怯？康祖②鏖兵拓跋仁③。
众寡悬殊收阵去，残阳血色照尸身。

盱眙肉搏云梯断，骐骥悲鸣圻岸春。
瓜步江帆今不在，千秋风雨落淮滨。

———————————

①安都：刘宋名将薛安都。

②康祖：刘宋名将刘康祖。

③拓跋仁：北魏将领。

怀古五十二

——梁大通二年、北魏永安元年北魏
尔朱荣大破葛荣

葛荣百万将围邺，汲郡①游兵所过残。
滏口②晨曦奔晓骑，坚城暮鼓入风寒。

铺天弥望千重阵，震耳呼声野草滩。
表里争先相合击，横冲喋血洗金鞍。

潜军山谷为奇旅，腾逐尘头露铁冠。
壮勇挥刀明号令，疾鹰嘹唳入云端。

萧然蚁众堆尸骨，六镇风烟叹揭竿。
豪杰惜无轩冕志，生灵涂炭忍艰难。

---

①汲郡：今河南卫辉市西南。

②滏口：今河北邯郸市附近。

怀古五十三

——梁中大同元年、西魏大统十二年、
东魏武定四年玉壁之战西魏韦孝宽
大败东魏高欢

玉壁①新成深谷上，气吞奇险势连天。
高欢悉发山东卒，昼夜围攻万壑川。

蚁众堆山三丈土，孝宽削木二楼巅。
须臾凿决汾河水，竟夕吹熏地道烟。

铁堑积柴焚死士，尖钩利刃幔空悬。
灌油因火城将裂，毁栋为栏栅复连。

攻守鏖兵五旬日，长埋尸骨几人还？
谁知此役分成败，晓白微微曙色前！

---

①玉壁：今山西稷山西南。

怀古五十四

——梁太清至大宝间侯景之乱

寒山之野风尘处，乱簇残旗断戟横。

樽俎焉能成大业，神州何日复光明！

南降侯景成棋劫，北上王师冒险征。

河洛控弦多死士，中原经乱少人丁。

笙歌梦里楼台酒，钲鼓船头叛乱兵。

逝水流沙碑有迹，梁钩战马月无声。

六朝多少衣冠冢，曾是高门势焰倾。

时鸟犹啼同泰寺，隔江遥望石头城。

怀古五十五

——北周建德五年平阳之战北周大破北齐

行伍匆匆营宿晚，寒风催马但鸣鞭。

齐堕纲纪周乘隙，势向壶关将令传。

洪洞严霜金甲薄，平阳残雪纛旗悬。

遥看沟堑连汾水，更列雄师据险川。

长毂飞驰闻鼓噪，先锋奋击响弓弦。

戍楼城堞何时毁，终弃军资虎旅前。

月夜群山空幕里，冰河阔谷冷云边。

谁知命定今朝数，不见神州三百年！

怀古五十六

——隋大业十四年、唐武德元年李世民大破薛仁果

泾州残雪金城月，息鼓无声六十天。
仁果骄兵消斗志，秦王劲旅集寒川。

敌师精锐蜂拥至，唐将收锋出阵前。
骁骑如风尘似雨，时闻胡语夹弓弦。

呼声动地连山震，剑戟铺天漫谷填。
浅水原头千马纵，凄凉画角夕阳边。

枭豪战罢今衔璧，击柝声停靖浊烟。
成败之余论拙速，兵家方略史书传。

怀古五十七
——唐武德三年雀鼠谷之战李世民大破宋金刚

夜深山险难驰突，高壁临虚谷垒长。
雀鼠崇墉连复道，秦王劲旅乏余粮。

旓旗何待军屯久？潱热忽消涧出凉。
鼓噪回声凭势响，刀丛锋锷引风狂。

关头血雨冲泥堑，此地兵争多死伤。
绝峡升烟飘北郭，虎夫催马向斜阳。

乡中父老知王气，雨霁咸来奉食浆。
未道艰辛开盛世，童谣笑唱宋金刚。

怀古五十八

——唐武德五年唐军攻灭刘黑闼初定天下之战

天明旷野腥风草，地暗昏鸦残雪枝。
鼙鼓声闻洺水急，相州萧瑟遍浮尸。

秦王立马城南冢，黑闼驱兵洺北祠。
甬道选锋多恶战，楼头画角苦寒吹。

两军沿岸相持久，冰解春来粮运迟。
烈焰熊熊烟色里，舟船沉没纛旗垂。

山东擒斩豪酋首，冀北回归不败师，
勒马临风慷慨意，遥看旭日正升时。

怀古五十九
——唐武德九年玄武门之变

日送长风含杀气，人言太白守秦分①。
东宫斗拱邪谀计，天策厅堂不世勋。

骁将谋臣潜夜月，刀弓兵甲隐浮云。
齐王太子连镳②入，御鸟时鸣已可闻。

飞羽疾飙忽贯颈，弦声一念断心魂。
矛头今戮阿谁命？骨肉相残玄武门。

手敕漓漓消鼓噪，晨钟肃肃启乾坤。
尘寰万里曦光下，千古华章遗子孙。

---

①太白守秦分：金星昼见的天象。

②连镳：并马西行。

怀古六十
——唐贞观四年阴山之战生擒东突厥颉利可汗

云低野旷连荒戍，白水关河猎猎风。
雾笼千幢传夜柝，山藏万骑隐刀弓。

飙飞火发人惊觉，势蹙兵崩路已穷。
碛口遥看冰泄谷，风吹铁岸纛旗①红。

唐军伐鼓平川震，颉利惊心障塞雄。
溃卒蜂拥奔废垒，边头落照唳孤鸿。

豪酋系颈金牙帐，露布②横驰瀚海中。
浩浩黄河翻猛浪，萧萧烈马啸长空。

---

①纛旗：军旗。

②露布：传递捷报写有文字的旗子。

怀古六十一

——唐元和十二年李愬雪夜袭取蔡州平定淮西

澱水荒耕郾城戍，驴输辎重壮夫饥。

鱼禽捕尽民无食，数载淮西鼓角悲。

常侍擒豪量所用，台衡督战敢呼驰。

霜蹄晚雾兴桥栅①，刁斗寒风幄帐吹。

将佐衔杯先有誓，戎行入雪漫无知。

行衣薄冷旌旗裂，东向茫茫夜出奇。

晨霰气清芜野早，鸭鹅声混晓天迟。

鸡鸣雪止州城下，已是嚣酋系颈时。

---

①兴桥栅：蔡州西面的要冲。

怀古六十二
——唐乾符二年至中和四年黄巢起兵至败亡

民苦不堪烦重敛，穷村赤地遍饥荒。
曹州自古多豪杰，齐鲁兴兵少食粮。

野燹十州无寸草，东南万里绝禾秧。
遮天白帜潼关北，鸣鼓京师震百坊。

夜半长安失复得，黄巢屠尽社中郎。
血流如洗人如兽，一片哀嚎惨月光。

弃甲塞流王满渡，伏尸盈野大康乡。
同州叛将沙陀卒，余烬残烟见沧桑。

怀古六十三

——北宋景德元年、辽统和二十二年宋辽澶渊之盟

三万辽师叠尸骨，乘墉负版夜将晨。

瀛州①连战非能拔，一举烽燃竟数旬。

虽觉豪酋厌兵意，焉能不战可安民？

灵皇②方下亲征议，寇准时为社稷臣。

敌晓澶州③床弩劲，寮瞻车驾羽书新。

黄龙旗展浮桥北，声震飞楼裂水津。

款议随分攻守势，欢心欲结弟兄亲。

幽云鼓息铙歌远，山脚悠悠牧马人。

①瀛州：河北河间。

②灵皇：帝王。此处指宋真宗。

③澶州：今濮阳西。

怀古六十四
——北宋康定二年、庆历元年北宋出击西夏，溃败于好水川、姚家川

泾源兵马勤寻贼，入夜分屯好水川。
野旷萧萧风色紧，平明隐隐鼓声传。

遥瞻百里胡尘起，敌骑飞驰阵伍前。
流羽环刀相交下，苍鹰凄唤黑云边。

将军血战征袍染，至死犹然握铁鞭。
步卒号呼伤不觉，身当白刃应弓弦。

长河冷月悲荒草，虏塞孤狼啸夜天。
元昊虽忧倾国力，官军不惜举烽烟。

怀古六十五

——南宋隆兴元年、金大定三年南宋隆兴北伐及符离之败

征夫锐卒屯淮口，刀局劳劳役匠忙。

平陆萧萧北番马，舟船千里出濠梁。

嚣声铙鼓风云起，铁甲盔缨旌旆扬。

街巷鏖兵叠尸骨，将军回首向苍茫。

敌增劲旅坚城下，更发强弓数万张。

日久偏安无斗志，宋师怯战欲还乡。

诸营骇惧金人弩，勇者犹遮羊马墙。

一溃蜂拥相蹈藉，符离夜色只仓皇。

怀古六十六
——南宋绍定五年、金开兴元年三峰山之战
蒙古大败金

北军飞渡入平川，遥望新都在眼前。

劲旅横冲攻铁寨，雄关直下换皮船。

战休旗偃斜晖尽，营宿狼嚎冷月悬。

金帅夜惊熬疲馁，拖雷昼扰起炊烟。

乌云渐笼寒风彻，大雪狂飞险阻连。

刀槊结冰难握举，残兵奔溃只争先。

三峰山麓堆尸骨，悲惨嚎呼百里传。

蒙古合军声震野，钧州落照近千年。

怀古六十七

——南宋绍定五年至端平元年、金开兴元年至 天兴三年蒙古灭金之战

春寒泥雨漫沟隍，苦戍之人乏食粮。
炮石横空惊胆魄，凄风入夜透衣裳。

震天雷下添尸骨，虎将身当飞火枪。
都下攻防哀遍野，一朝围解向仓皇。

黄河逝水存天意，铁帐残灯梦汴梁。
势异形非多圣眷，霜蹄烈火恤伤亡。

古来悲怆何相似？鼙鼓声声更阋墙。
蒙宋雄师蔡州外，中原尘土翳斜阳。

怀古六十八

——南宋开庆元年蒙宋钓鱼城之战（合州之战）

三江聚险钓鱼城，万马腾尘蒙古兵。

短刃难攻伤猛鸷，高隍易守为苍生。

暮春淫雨云梯滑，仲夏蒸烟滚木横。

一字城边遭夜战，新东门上有防营。

强弓叠发旌旗展，飞矢穿空鼓角鸣。

此辈播州忠勇士，斜阳似血照盔缨。

何人击碎南征梦？雄主倏然殒不经。

岂道王坚多炮石，合州天下尽闻名！

怀古六十九
——南宋德佑元年、元至元十二年元攻灭南宋之丁家洲之战

涛翻橹盾尸漂岸，孤戍寒风鼓角清。
宋将心惊兵卷甲，元军士壮马嘶鸣。

荆州薄暮江州月，几度称臣几座城。
守战今番为一赌，南朝巨舰大江横。

穿空发砲桅杆裂，顺水操船舵桨轻。
溺者号呼风凛冽，猛夫狂进胄鲜明。

沿江溃卒招无止，雨雪钟山掩旆旌。
梦里王师今安在？中原无望叹民生。

怀古七十

——元至正二十八年、明洪武元年明灭元之战

欲问幽燕何处在，中州不再梦王师。
长枪金鼓舟船集，甲亮盔鲜羽旛驰。

齐鲁多由传檄定，河南直入取军资。
兵锋近战刀头血，落日遥翻大纛旗。

劲旅转徇河北地，乘舆弃守大都时。
千烟铁马催征苦，万里秋鸿按玉悲。

荣辱轮回今又是，从来成败发深思。
力强攻战舒宏志，势蹙求和不得为。

怀古七十一

—— 明崇祯四年、后金天聪五年大凌河之战

巨邑奢豪多美味，蓬门贫困寡娱情。
沟隍铁堑闻金鼓，野径荒村过甲兵。

官道扬尘车盾列，八旗冲阵火枪鸣。
寒光闪烁刀弓影，烈焰腾飞人马声。

几度斜阳连杀戮，墩台黄土碎尸横。
和皮带肉相残食，收骨烧柴更破冰。

月夜胡笳吹旷野，清晨款议入防营。
关河万里驰塘报，不见援师向广宁。

怀古七十二

——明崇祯十三至十五年、清崇德五至七年

松锦之战

崇祯十四年春日，关海喧哗八镇兵。

万里云间辽海际，楼头月下督标营。

锦州粮绝城防紧，诏促援师疾北行。

人马蜂拥枪炮烈，乳峰山险堑沟横。

刀弓狎战相攻守，血肉唯拼殊死争。

劲旅屯资于笔架①，憨王袭远迫平明。

狂风恰似千狮吼，突遁堪成一夜倾。

犹得先期顾奔溃，空嗟弃甲起嚣声。

---

①笔架：笔架山，明军屯粮于此。

怀古七十三
——清顺治二年、南明弘光元年扬州之战

淮戍无援传不守，嚣声隐隐近维扬①。
呼求兵饷皆无应，但见孤城对夕阳。

收取劝书唯付炬，忠臣铁骨整衣裳。
相随效死偏裨将，绝笔挥毫史部堂②。

烈焰映空飞炮石，全城喋血夹刀枪。
明军慷慨轻生死，僚属凛然从国殇。

杀戮无休将十日，堆尸盈巷满街坊。
文风鼎盛民知耻，临难之时士自强。

①维扬：扬州城。

②史部堂：南明兵部尚书史可法。

怀古七十四

——清康熙元年、南明永历十六年郑成功
收复台湾

怒海狂涛展纛旗，连帆一片壮舟师。
顺流发炮船崩裂，转舵接舷军出奇。

烈焰腾空如血染，呼声动魄夹风吹。
番兵嚎作刀头鬼，夷将哭为箭下尸。

袭入台江围赤嵌，明军巧渡合时宜。
关津涉水奔行速，水陆环山拔取迟。

劲旅援来攻足备，孤城粮绝守难支。
台湾收复归家国，极目波澜起远思。

怀古七十五

——康熙十二年至二十年三藩之乱

强藩开矿铸西钱，粮马丰殷岂北迁。
已是长年窥伺久，阴分军械禁邮传。

由来半壁燃烽火，嗟叹苍生欲倒悬。
三桂豪酋催铁骑，八旗骁勇试弓弦。

兵戎恶战看湖广，水陆相持发舰船。
部曲贪叨多瓦解，西凉归顺挟东川。

清军沿袭迂回势，枭贼智昏难保全。
自古人心咸思定，花开云贵月重圆。

怀古七十六
——武王伐纣牧野之战

西土戎车披革甲，邢丘渡口裂冰澌。
雄儿多戴青铜胄，骖乘高挥白尾旗。

冷夜吹寒清野阔，微曦鼓远岁星垂。
人喧隐隐收营火，虎啸声声壮誓词。

万马蹈来奔纵死，千军抢攘迭横尸。
朝歌奴馘方临阵，却是难堪一突驰。

前徒反戈如决水，后兵弃刃畏周师。
鹿台烟炬烧成烬，礼义铭文铸此时。

怀古七十七
——周襄王二十年晋楚城濮之战

蛮旆驱兵进围宋，包茅不贡霸诸侯。
咸言楚子知重耳，猷略稍将车甲留。

晋旅济河攻五鹿，平曹取卫设奇谋。
坚盟圻构藏锋锐，激恨移师诱巨酋。

三舍报恩当不忘，千军奋勇亦难收。
挥戈合刃连飞羽，驰马交轮忽裂轴。

芜野盘鹰号白骨，残阳浴血拾兜鍪。
风烟更说休明事，践土之盟伯九州。

怀古七十八

——周襄王二十五年秦晋崤之战

貔虎戎车将袭郑，秦师金鼓合嚣声。
贪饕远举为形劫，蹇叔亲临哭孟明。

北过周都超乘去，东逢商者犒军行。
遥遥狭路无粮饷，沓沓公夫杂退兵。

自古崤函多绝壑，初春洛北满枯荆。
风飙疾速长弓利，石裂轰然驷马惊。

卒作迭尸无幸免，帅成浮馘此孤征。
晋人应晓东来意，更遣关河交恶生。

怀古七十九
——周定王十年晋楚邲之战

兵戈酒截纷争事，部族诸侯发大戎。
楚子北辕将饮马，山川险塞起尘风。

筹谋帐里无成命，搦战营前有劲弓。
射鹿堪为从者膳，献禽非但御人功。

雄师薄阵金钲作，疾射比轮鞭服空。
晚日靡旌投草泽，宵分溃众济舟中。

蛮邦称霸多兴举，礼义彬彬起自东。
成败论来终不止，残阳逝水总匆匆。

怀古八十

——周简王十一年晋楚鄢陵之战

兵蹂麻隧平西患，未几中原战复燃。
车甲南登洧河岸，旌旗北指汝阴田。

晨夷井灶疏行首①，雾散灯衣映帐前。
亲卒啸嚎观试箭，狂夫鼓噪促腾烟。

良臣射矢无虚发，戎御亡身辄应弦。
驰向羽丛忽中目，陷于泥淖徒呼天。

狐狼尸骨王宵遁，断戟残戈晓月悬。
开衅谁言能弭燹，应知斗胜亦难全。

①行首：军队行列。

怀古八十一
——周敬王十四年吴楚柏举之战

召陵既会磨锋锷，疲楚之谋出丧亡。
吴子任才无局促，荆台旧恨岂遥长。

舟船弃置活兵速，革甲奔劳仆者忙。
戈戟临风金鼓瑟，戎车成阵铁蹄霜。

靡旌从毂争相进，执辔失军竞落荒。
半济尸漂清发水，千弓箭射郢都墙。

兼防黄雀非恩怨，鱼腹当年利刃藏。
落日章华殷血色，江头孤塚楚平王。

怀古八十二
——周显王十五年齐魏桂陵之战

邯郸警讯入临淄，北向为援或已迟。
声势虚张攻必救，大梁东甸见齐师。

征尘有念常生瞥，庙算无劳辄出奇。
徒卒蛮拼千倍力，兵家先胜一枰棋。

疲夫行次多观望，强弩伏中忽发机。
断辔弃戈忙疾走，掉鞅当矢欲飞驰。

天人造作孙庞智，好用筹谋救赵时。
久裂山河相苦战，荒原夕照马长嘶。

怀古八十三

——周赧王三年至三十七年秦楚丹阳、
蓝田、鄢郢之战

张仪施诈饶辞术，趣势凭陵怒楚宫。
计略气矜因险阻，鼓骊铙歌向关东。

楚师贪暴多亲贵，屈丐无谋乏战功。
满目横尸荒草岸，连江烂骨隰原风。

曾旋神舞巫山下，今泣高台云梦中。
鄢郢残旗鹰唤晚，丹阳落照水流空。

秦人之烈先王令，一役兵戈蜀道通。
奋越西河规六合，蓝田烟散华山雄。

怀古八十四

——周赧王二十二年秦与韩魏伊阙之战

秦人伐交开东向，耕战图强外斗兵。
进退权衡先料敌，关中子弟虎狼征。

劈山伊水经伊阙，带甲韩师结魏盟。
车乘扬尘三百里，弧弓涉险几弦惊！

前驱北阻云屯处，敛戍持戈不敢横。
齐鼓动天云四合，盈尸蔽野马嘶鸣。

朔风今夕吹河洛，此役亡魂记左更①。
国祚兴衰沾血色，人常拘事累名声。

——————————

①左更：秦国爵名，指白起。

长诗

梦赋牵情
（一）

李唐盛世开元曲，冉冉清风袅作烟。

滚滚渭河秋水尽，紫薇悬宙玉颜传。

忽飘千载红妆雪，宇闳骈罗禁苑巍。

泪聚长波东涌去，平江雪洒漫空飞。

震耳滔声洪浪起，吐云卷雨巨舟危。

灵霄雾散玉清现，仙笛王乔容与吹。

丹凤朝阳西域酒，惊心舞里有于阗。

璇图寥廓乾陵耸，羽猎千重虎驱前。

劈峦裂石倚天剑，崩转砾崖隐羡门。

几曲骊山闻御宴，靡靡凌波唤太真。

谁家绝代容姿艳？引得朦胧广殿醺。

冷月呜咽泉暗泣，长安西去梦娇魂。

梦赋牵情

（二）

金吾卫士明光甲，斧钺瓜锤羽毵毵。
拥簇千骑銮舆入，钿车翠盖掩罗衫。
双阙对耸鼓声震，直望含元映暮天。
鸱吻飞檐衔瑞彩，巍峨玉宇瞰长安。
月华皎皎悬空照，太液波粼月影怜。
麟德今宵春意暖，玉楼翠瓦顶勾连。
太常燕乐开繁曲，鼓响弦悠脆管闻。
上笼云鬟高耸髻，丝罗袖窄石榴裙。
君王喜色神睒藐，襕服襆头显至尊。
醉笑裹儿金盏落，西来使者自称臣。
结邻楼上仙姿影，淡抹匀妆步若云。
娥黛轻鬈华胜颤，明眸顾盼动心神。
一声铿尔康国乐，舞者娇名称玉环。
螺髻胡服翻紫领，红靴锦履云步间。
樱唇皓齿芙蓉面，疑是汉姬生于阗。
腰软轩轩旋塞曲，玉腕柔举伴笙弦。
昭华婉转凝春夜，殿外桃红柳色寒。
宴罢金樽温燠煦，微烟清润玉栏杆。

梦赋牵情

（三）

九重官苑微雨后，万树梨花雪浪翻。

风展霓旌清乐响，祥麟御马跃骙然。

千牛挽辔蹄声紧，桐木襆头窄袖衫。

挥杖驰突金鼓震，侧身扬手执辔衔。

星珠奔滚紫骝纵，伐鼓摇旗筹唱酣。

妃子王臣着绣衣，三郎未老跨龙骖。

长安空寂云衔月，仙乐飘闻春色寒。

妙舞青娥香翠韵，凌波微步水溶烟。

秀姿娇态鸣筝瑟，中有明皇解语人。

玉柔纤纤垂复举，束腰盈盈地衣①痕。

芙蓉插饰遮仙髻，俏在云鬟掩鬓簪。

缓步纱罗裙带舞，花颜媚眄暗羞含。

华容艳貌神姿绰，托世飞琼识玉环。

水映窈窕淑丽影，夭夭盛采照亭轩。

红莲翠袖云头履，弱柳萦丝入梦牵。

皓月梨园花胜海，牡丹月下影娇怜。

箜篌娴奏春波涌，吹醉玉笛笼月眠。

兰曲瑶台迟曙色，含光殿外夜阑珊。

---

①地衣：指地毯。

梦赋牵情

（四）

薰风夜宴麟德殿，华乐兰宫蜡炬燃。

歌罢沉香花入宴，娇鬟带笑望云翻。

丝弦笙管杂相奏，散曲由拍渺渺中。

窈窕回环幽似水，仙娥诜诜步从容。

涓涓婉慢流渐碧，玉殿鸾鸣伎乐隆。

舒板歌头声渐起，飘云绕雾掩妆红。

芙蓉皓齿明眸盼，义髻金钗压鬓簪。

秀口樱唇花面醉，神闲体媚雪酥姿。

舞姿曼妙轻流昐，凌步盈盈韵色娴。

雾里天衣为羽色，百鸟裙风舞翩翩。

灵心曲动托莲掌，婀娜腰蛮抵胯酥。

舒臂蜷姿情自在，松柔有似半跏趺①。

华胥相遇结心久，一处骊山两忘难。

舞尽祥云弹罢曲，海棠汤水倚栏杆。

可怜月满温泉苑，柳色波光露泡妍。

从此梨园多戏曲，天来仙舞动春山。

临风笑语南熏殿，自雨亭中玉笛寒。

啜持君王蛮索强，梨花带雨作嗔然。

---

①跏趺：为佛教语，泛指静坐。

梦赋牵情

（五）

西边官道入骊山，法驾逶迤翠谷间。

赫赫羽林千骑过，仪刀重铠士番番。

雉翟团扇霓旌展，娥女盈盈凤鬐姿。

华盖承辰金钺冷，阿监圆领绣袍衫。

华清禁苑尤如昔，偶感秋风一缕寒。

七月初七重饮宴，清宵幽渺冷雕栏。

楼台轩敞沧池碧，雾漫岚飘子夜时。

旷旷瑶光临浩汉，长生殿外玉阶梯。

贵妃醉面桃花艳，却月眉梢小洛唇。

依旧双眸凝睇语，与君切切夜粼粼。

莲衣微动凌波颤，柔态仙姿一听①然：

"愿为君王独舞罢，朝朝解语永承欢。"

玉绳今夕悬穹昊，恩爱遥天一聚难。

执念笃情终不弃，生生世世愿来还。

罗衫香裹依棂槛，西望长安掩峻峦。
岁月如歌年似水，闶宫素女泪潸然：
云衣花袂芙蓉帐，炜晔金阙与赤旆。
梦里曲江闻蜀乐，沉香亭下整烟鬟。

----

①听（音"引"）然，笑的样子。天宝六载，骊山温泉更名为华清宫。正史记载，唐玄宗每年命驾临幸华清宫均在阴历十月。今从《长恨歌》所载及民间传说。

梦赋牵情

（六）

秋霖澶漫田畴毁，天宝尔来讵几闻。

八月关中多饿殍，苍穹暄暄水淹村。

风驰中使河东道，云卷幽燕雪色昏。

兴庆宫灯明似昼，急召宰辅与藩臣。

范阳烈燹连荒野，鼍鼓逢逢①震广原。

千里烟尘弥远近，前锋血洗土门关。

遮天铁鹞灵昌渡，败船冰结断塞川。

鼓角嚣声声振瓦，东都失陷朔风寒。

闾阖凝重宫阙耸，冷月含凉殿宇前。

对影幽幽私咕嗫，贵妃额蹙目瞲瞲②。

明德门外尘头起，清曙誓师展旆幡。

敕下集卒二十万，老病哥舒军潼关。

炎蒸六月人杂沓，隘道阻河灵宝原。

炽焰腾空弓弩劲，官军骇溃首阳山。

直来畿辅乏天险，乱尸如麻败报添。

望断长安泪水尽，乘舆无奈走西南。

繁华恨别黄沙掩，春逝当年小玉环。

此去关山何日返？无从涕泣忆开元！

①逢逢（音"朋"）：鼓声。

②睒睒：形容眼睛美。

作为第六部分，《梦赋牵情之六》以天宝十四载十一月安史之乱爆发为背景，

涉及同年十二月洛阳失守、次年六月潼关陷落、唐玄宗出逃等重大历史事件。

今夕何夕

（一）春思红尘

明崇祯十二年（1639年）春，翰林讲官兼直经筵、江南大才子王廷林，号伯汐，得知朝廷与东虏（清）暗通款议，即面折廷争，贬谪为江西布政使照磨。与闻名的秦淮闺秀薛婉尘偶然相识，二人一见钟情，定下终身。崇祯十五年（1642年）冬，梅花盛开，大雪纷飞，伯汐身着行衣，迎娶婉尘。崇祯十七年（1644年）三月，李自成攻陷北京，随后清军入关，江南涂炭。伯汐自愿往投督师史可法，镇守扬州，赴国难。临行，斜阳系马，白袍素带，与爱妻惜别。次年，清顺治二年（1645年）四月，"扬州十日"，悲壮惨烈，全城无一人投降，伯汐也壮烈殉国。婉尘悲痛欲绝，断发遁入空门……长诗《春思红尘·今夕何夕》以史为背景，系属虚构。

水关通济船如织，明媚千桃万柳丝。

南曲清歌弦管脆，画桥烟巷桂堂西。

忽闻檐下佳人笑，青儿啜持唤婉尘。

云鬟小鬏年十六，俏插珠翠宝钗分。

芙蓉面色双睫盼，紫绮罗襦粉茜裙。
娥黛樱唇淑皓齿，步态盈盈楚腰身。
声声响板传街尾，雾雨楼前瑞雨门。
门外市人摇手鼓，二楼名士与乡绅。
一人俊逸激昂语，白衫一袭浩然巾。
英武诞姿面若玉，修眉绵藐气闲神。
"隆冬去岁寒风冽，三万虏骑巨鹿村。
阵阵胡笳声震野，全军死节荡忠魂。
东虏直下济南府，塘报频频入帝阍。
抗力廷争发震怒，贬谪一路更忧民。"
怯移莲步阿谁问，娶屑便姗嫚色纯。
"不是软红香里客，廷林俊号美名尊。"
风态肃穆神妍婉，瞥遇含羞似露浓。
障袖低眉心暗许，粉郎香令适为容。
寄托凤翘兼折扇，信物权为他日逢。
绣幔绫帘灯五彩，秦淮夜色月朦胧。
兼年此后无音讯，不见归鸿瘦影长。

倚柳题笺轻黛扫，晨昏薄酒断人肠。
崇祯十五年冬月，迎娶同舟共返乡。
大雪纷飞添醉意，欢情波上似鸳鸯。
兰桡滑过烟湖水，山绕溪平雾笼塘。
但见腊梅红似火，撷来一朵扮新妆。
流澌潋冽琼花舞，寒香冷艳伴雪狂。
鹊鸟宿栖天地久，玉人霁月配成双。
廷林款款飘丝带，婉妹依依望粉郎。
秋波一泓如剪出，对襟长袄紫华裳。
西园别业风情好，翠竹碧桐掩画堂。
弄翰煮茗同剪烛，冰弦一曲月窥窗。
佳期如水良宵短，东虏铁骑突入关。
国事衰糜非一日，飘飘冷雨冻江山。
廷林决计随军旅，戴孝披麻挽巨澜。
强弱悬殊如卵石，此去自知难复还。
婉尘铅泪菱花叹，闻得夫君把话言：
"今朝予志向旷野，长存气节感苍天。

布衣一介犹知辱，竹帛载我大明魂。"
凝咽不言花雨落，春衫肩倚到黄昏。
芳菲二月桃花渡，千里烟霞万里云。
江水滔滔流不尽，相拥一醉别良人。
斜阳系马垂杨下，朗色瑰姿美绝伦。
秀目剑眉衣银素，绦带护臂绿缣巾。
婉儿花骨轻柔媚，粉面修颜勉作嗔。
白缎罗衫金翅髻，标格殊致紫福裙。
策马挥泪红尘处，飞雨纷纷似断魂。
霎起清风吹柳岸，空留蹄印向江津。
扬州十日凶音报，殉国忽来噩耗陈。
粉泪潸然销骨痛，葬花时候入空门。

今夕何夕

（二）凭栏听雨

　　清顺治二年（1645年）春四月，廷林（伯汐）投军一年之际，婉尘在雨夜梦见夫君归来，相会于池塘。醒来春雨绵绵，遂慵起凭栏听雨。追忆分手一年，心绪孤寂；畅想昔年春雨闲居时，夫妻恩爱之点滴；唱叹去年离别时，又逢春雨潇潇，无限伤感。三更已过，婉尘回寝后，又梦扬州传来凶信……此长诗为《春思红尘·今夕何夕》之续写，系属虚构。

　　　　珠箔宛转香阁静，听雨楼台倩梦还。

　　　　国破春空啼杜宇，今宵一醉苦成眠。

　　　　疏寮暗里绫纱动，临水亭旁柳似烟。

　　　　忽有吴音相媚好，离愁万叠诉流年。

　　　　灵飚一闪夫君影，起身寻他小池边。

　　　　薄雾清幽霜降晚，阿郎伫立画堂前。

　　　　白衫貉袖青袍肚，粉面剑眉气宇轩。

　　　　眄睨俊颜凝冷色，洞箫一曲月光寒。

中庭飘落梅花雪，片片莹飞自在旋。

檐下何郎明灭影，欲伸香袂触阑干。

连娟觉醒无心扫，沾浣绣衾粉泪痕。

莲步缓移红玉软，柔桡嫚嫚睇含嗔。

鬓云舒卷金泥带，抛撇翠钗与素巾。

光艳芙蓉羞玉面，月华丝袄紫罗裙。

但闻窗外绵绵雨，斜倚朱栏愈断魂。

雨自烟浓生四月，江南草木润三春。

山河惨变惊幽梦，生死与君两渺茫。

一任桃花随雨落，飘飘红雨水流长。

清愁记取分钿后，风雨吹寒绿枕凉。

慵整绸衾金鸭冷，乌丝阑纸写华芳。

锁楼心事形容瘦，双燕轻飞弄绮窗。

半掩翠帘梨花盏，低眉疏理画闲妆。

临缄重发蛮笺少，词笔断肠曲感伤。

君别匆匆逢国难，大明忠魄祭苍江。

昔年筱院春光好，池水涟漪鹣翼扬。

碧岸兰亭如绘境，野湖纵目远幽篁。

雨涵烟柳桃花雾，桥染千丝小杏黄。

水绕江楼连里巷，红湿翻翠缀檐墙。

雨临阁上鸳情暖，赋草提花散墨香。

度曲舒文茶慢煮，神来一笔出华章。

青罗衫子花绫帕，递送秋波奉藕汤。

歪却方巾君已醉，共听斜雨乱敲窗。

去春魂断廉纤雨，香暗红消夜未央。

伯汐将从投义旅，婉儿此夜着华裳。

绉纱鬏髻银丝笼，素缎头箍衬艳妆。

淡紫绫衫裙饰彩，背褡缘以捻金黄。

廷林发髻罗丝带，一袭白袍罩甲装。

粉面生红眸似月，深情款款对娇娘。

潺潺雨泣声难绝，恩爱千钧对雨觞。

今夕别离何日返？桃花伴雨落无常。

伶俜子夜青缣被，已是三挝聊自还。

铅泪重沾湿旧枕，烽烟入梦噩耗传。

烂泥填堑扬州外，雨洒城沟水漫关。
一路虏兵焚泗州，明军栅外尽骚然。
暗云低笼孤城上，画角声咽锦甲寒。
风起雷飚惊胆魄，隆隆炮响蝶墙残。
箭飞雨射壕桥内，铁骑杀声震百垣。
血水连塘呈五色，督师决死义如天。
兵民冒刃街门里，中有白袍箭透襕。
一醒魂消芳汗浸，忽闻玉笛杏飘然。

王昭君

（一）

西汉竟宁四年（前33年），元帝以后宫王嫱赐呼韩邪单于。昭君远嫁匈奴后，边塞宴安，百年无战乱。长诗力图以写实笔法还原、再现那段历史，描述王昭君的生平事迹及和亲的重大历史事件。此为第一部分。

香溪空映桃花色，千嶂崇峦草木新。

王氏纤娃名皓月，芳华十六柳腰身。

娥眉绝世惊飞燕，一笑容颜胜三春。

弄翰墨香飘四溢，闻鸡即起孝心真。

江湑夕照霞光醉，峭壁凌峰一片云。

心事悠悠言不尽，西陵峡谷水氤氲。

诏下征选良家子，举郡遍传至远村。

长嫂饷田兄作苦，阿娘日落闭柴门。

晚来不道扉环扣，掾吏催乎小女行。

连夜俶装明日别，红妆却是早裁成。

官船阻浪帆樯动，岸上阿翁涕泪横。

此去岂知何日返？思乡唯有梦牵萦。

烟波已断兴山县，一溪风月寄宝坪。

别时昏昏思更重，今生难舍故园情。

风吹衣袂蜚襹舞，云鬓垂髻步履盈。

紫绮罗裙妆刻饰，娇柔纤柳体尤轻。

巫山不见江心阔，遥望闲村雾雨溟。

悲切涛声如诉泣，舟行似箭不留停。

杨花飞散芳菲尽，华阙遥遥玉宇邻。

太液池清飞闳耸，长安初月照佳人。

绣文缛采合欢殿，云蔓高台九五尊。

润碣雕楹萦夜曲，金炉冷却黯乡魂。

汉宫秋夜凉如水，珠翠浮光点绛唇。

蹙黛愁心浓似雾，香英暗撒苑池滨。

曲由乐府陈钟虡，不得须臾万乘亲。

寂寞掖庭情不已，建章月落未央晨。

王昭君

（二）

西汉竟宁四年（前33年），元帝以后宫王嫱赐呼韩邪单于。昭君远嫁匈奴后，边塞宴安，百年无战乱。长诗力图以写实笔法还原、再现那段历史，描述王昭君的生平事迹及和亲的重大历史事件。此为第二部分，接续第一部分。

兰心羞把红罗绣，盼得君王垂圣尊。

纨绮饔飧无意享，唯看云色近黄昏。

直城门内仓池畔，长乐宫灯玉瓦尘。

念念数年情渐老，画工不赂不承恩。

单于忽复修朝礼，愿作番婿漠北臣。

正月鸿胪从故典，后宫选聘简充真。

不甘白发徒空守，自拟昭君适嫁文。

凡品画容由末点，乏人远赴遂成姻。

大朝正殿黄门敞，金鼓交声震耳闻。

礼罢新妆传上殿，丰容靓饰照乾坤。

双睫流盼飞琼逝，俏靥含羞弄玉蛮。

唇启白粳言欲止，婉姿一霎动重轩。

冰肌云发娇柔骨，玉体纤盈步蹴烟。

顾秀淑质催素雪，修腰约度自华然。

明莹窈窕千芳妒，香裹婀娜百木残。

红艳玉泽光似月，花颜浅淡宛如仙。

丝绵绣锦轻袍暖，粉色罗襦抹子丹。

曲裾深衣尤右衽，君王悔把诏书颁。

仪娴妍稳标格致，光耀汉宫玉殿寒。

顾影衿裨留恋处，襜襜帷幕掩栏杆。

锦绸金玉随相送，辞别帝都泪已干。

骏马车毡相络绎，凝眸回首望长安。

黄河北渡三千里，辗转风尘治水边。

斜挂明蟾光禄塞，夕阳冷照雁门关。

琵琶胡曲愁中怨，一片平沙砾石滩。

弦断声悲惊孤雁，风吹云卷暗阴山。

烟塞霜雪胡毡冷，遍地牛羊野戍还。

唯有阏氏琴瑟苦，雁声声断没云天。

穹庐孤影相思泪，月夜边城已寂然。

无语心愁谁可诉，琵琶一曲对空弹。

长风乱草萧萧马，梦里香溪嬉笑欢。

从此诀离我故土，终留青冢望南川。

文姬归汉

　　蔡文姬（约177年—？），名琰。东汉末陈留人，文学家蔡邕之女，擅书法、音乐、文学。早年丧夫归家。时逢战乱频仍，董卓执政，任蔡邕为祭酒。后与父随献帝别洛阳，入长安。董卓受诛，蔡邕因感叹而被司徒王允下狱，旋死于狱中。李傕、郭汜进犯长安后数载，关中一带十室九空，南匈奴不时趁机劫掠。汉兴平二年（195年），文姬遭掠，一说嫁与左贤王，生有二子。建安十二年（207年），曹操初定北方，念及当年与蔡邕故交，并欣赏文姬才华，遂以重金赎回，将其嫁与董祀。文姬的多舛命运成为东汉末年动荡离乱背景下的一个缩影，她的悲剧既属于她个人，更属于那个时代。文姬返回中原后，写有五言《悲愤诗》存世。此诗在其被掠过程、时间上与史实颇有出入，似未可信。

　　　　黄巾炽烈复重燃，一望青州血色寒。

　　　　鸣镝笳声云暗处，河东县邑昼闭关。

　　　　文姬夫丧归乡里，从父入洛居官邸。

　　　　明窗燕侣摄人心，惠柔不待理瑶琴。

妙才凝作纤纤字，妆残趔乱倭堕鬓。

绣口矜含秋月文，婀娜腲膜楚腰身。

义旅盛兵十八阵，乖时暌索潜生恨。

白骨茫茫凄雨霖，汴水尸漂崔莽深。

董卓挥师欲向西，大焚宫室荡犬鸡。

可怜峣阙与幽闼，千载一朝化为泥。

蔡女遄征著褚于，蛾黛连娟衬琼酥。

回首天渊池上阁，窅然梦里似当初。

熊熊腾焰永安宫，嚣嚎直上九霄中。

虎士劈头马锤下，万民蹈踏伊水红。

号泣险途遍悲吟，长驱冥冥骨肉分。

旧都眼前冷萧瑟，鸾旗戟下有王臣。

霞光落日映朱甍，虹梁梦橑翠瓦楞。

寂寞敧栏览卷帙，聊相诗赋寄平生。

岂料风起刀剑横，关东靡沸关内惊。

父作亡魂司徒死，罳猸除罜乱方兴。

街衢甲士奔如豕，墙堞崩毁城门圮。

城外千里无人烟，仓皇此去向荒野。

餒殍相属绝舟船，长安远去渭水宽。

偏遇胡羌纵骑掠，乱寇方在弘农虐。

父老委地仆从伤，羁绁妻嫁左贤王。

战栗被发随人畜，雁沙北地苦苍凉。

朔风凛冽飞霜雪，故垒掩埋障塞平。

毡裘成冰枕似铁，愁绪万叠望边亭。

胡笳边月吹哀曲，闻听悬悬意感伤。

焦尾琴弦难排解，夜分尤是空断肠。

两度喜从生双子，岁月流长得见情？

俯瞰牛羊逐鲜草，余晖静照受降城。

光阴不觉十余载，响骹一声马骎骎。

忽报南来绣衣使，重金寻得汉女音。

偻偻柔曼独娴坐，焦桐一拨泪已含。

诉尽遥思悬此念，呜咽啼泣整妆奁。

建安十二年秋日，将与双儿生死别。

存亡骨肉痛悲泣，天伦永隔恨不绝。

儿来抱颈泪沾衣，孤鸿高飞向南迁。

谁道此情何滋味？明春大雁旋将还！

鸾歌凤舞奏繁弦，铜雀隆崇耸露盘。

汉相春风为月老，凄怆半步却无言。

雕采驱辞诉辛酸，胡曲悲凉动一川。

识得蔡女尚存几？人琴故里不团圆。

垓下悲歌

汉高祖五年（前202年）秋，汉王刘邦追击霸王项羽于固陵，大败。遂用张良计，许封地，会合韩信、彭越等俱至。冬，围项羽于垓下。项羽闻四面楚歌，突围南走，至乌江，为汉军追及，自杀。今长诗以赋之。

谷冷云低何惨悴？旗残毂裂雁哀鸣。

楚军实耐连番斗，骁骑尤驰绕汉营。

阳夏之南枯杂草，戍楼晓月伴长庚。

萧萧疲骥悲嘶竭，更有铙歌击鼓声。

帷幄又谋千古策，齐梁士马九江兵。

选锋所向屠城父，淮左皆扬汉家旌。

鏖战方休围愈紧，项王按剑目回瞠。

回瞠虎鸷多伤病，驭者车旁铁盾横。

衣袖行缠沾染血，凄凄楚幕透西风。

重重戈戟兵车阵，十面铜钲震角弓。

夜帐昏昏钟虞冷，辕门灯暗半营空。
从来意气当关勇，擐甲今宵好向东。
犹记黄沙遮巨鹿，挥师西去入关中。
而来八载风霜路，至此沽名岂可充？
更忆揭竿三郡应，红绸起义举兵初。
荥阳千里无鸡犬，几度征尘子弟疏。
孰道封王为治始，任侠气势竟何如！
至情却作他人笑，百战自诩入史书。
只叹少年扛鼎力，追风仍觉马迟迟。
天为成败焉能转，愿作嚣豪逞一时！
"力拔山兮气盖世，时不利兮骓不逝。
骓不逝兮可奈何，虞兮虞兮奈若何！"
绰约便嬛虞欲语，瞳瞳凝睇步前趋。
娇姿婉转容仪静，若下鲛珠似有无。
风柳楚腰双宝髻，扶旋起舞袖低昂。
柔挠嫚嫚娥眉蹙，自作新歌一曲伤：
"汉军已略地，四面楚歌声。

大王意气尽，贱妾何聊生！"
此饮一觞为饯别，芳心相许意绵长。
依依无限情无止，祈愿来生奉霸王。
夜半寒风偏凛冽，虞姬刎颈作香魂。
风吹屏暗灯将灭，刁斗声残冷玉樽。
振辔持缰呼啸起，江东健锐裹帻巾。
项王阔戟谁人挡，清曙尤余百许人。
恶战东城摧胆魄，疾驰奔突起风尘。
呼声动地飞矢雨，天意兴亡可是真？
日暮斜阳江似血，蜂拥千骑弩刀横。
江东父老无颜见，逝水茫茫后世评。

甲申长风

明崇祯十七年（甲申年）三月十八日（1644年4月24日），李自成率大顺军包围北京后攻破外城。十九日突破内城，崇祯帝自缢。大顺军进入北京后，军纪废弛，刘宗敏等将领又对明朝降臣大肆拷掠、追赃助饷，大失民心。平西伯吴三桂率关宁铁骑勤王，入卫京师，于中途折返，最终拒降李自成、借兵满洲、剃发降清。李自成不顾军师宋献策谏阻，率师东征。双方在山海卫以西的石河一带列阵大战。四月二十二日，大顺军击败明军。次日再战，又分割、包抄明军。正值此时，狂风大作，遮天蔽日，数万清军顺势展开突袭。李自成兵败，退回北京，二十九日即皇帝位，三十日率军西撤。五月二日，大清摄政王多尔衮拥顺治帝定鼎北京。长诗依据史料，再现那段风云变幻的历史，探视在巨变时代下历史人物的各自抉择、不同命运以及迥异的人生结局。

崇祯帝自缢

巨炮隆隆震紫微，季春^①十八雨霏霏。

居庸无战昌平举，大顺千军渐合围。

钟响远传西五所，潇潇疏雨晓风吹。

平台朝典何心绪，百僚误国君可悲？！

丹墀之上金铜鹤，殿角衔云花竟落。

檐铃犹记十七年，崇楼北面文昭阁：

"帝王曾欲振长鞭，更有忠魂系九天。

诏令不堪今朝忆，督师^②忍戮赴黄泉。"

数声炮响西城北，遥见烟腾火蔓延。

时近黄昏人影黑，外城失陷白灯悬^③。

正阳门外杀声作，护驾内臣窃杂言。

黄瓦朱墙犹似昨，可怜回马望千垣。

周后容姿未改色，霞帔对襟二凤冠。

羊角宫灯云板柝，白练悬梁陛石寒。

崇祯擎剑杀亲女，骨肉相连恨别难。

永巷啼声声远去，唯留风雨向栏杆。

煤山④高处密林梢，烈火彤红映九霄。

信是如今身死国，何须再顾雨飘摇！

凄凄鹤唳堪萧肃，人喊马嘶声渐消。

但有落红飘簌簌，僵尸冷雨发垂腰。

李自成进京

京师清曙如初沐，阛阓⑤如常连比屋。

街巷焚香户贴黄，降臣旧将皆匍匐。

十里长街百里长，声声鼓乐杂笙簧。

恢弘殿宇无暇睹，前导旗旄斧钺光。

闯王缓辔昂神宇，黄缨毡帽着戎装。

青袍剑袖添英武，睇⑥藐闲姿传卤簿。

华阙云楼千步廊，承天门上日将午。

举首张弓虎背舒，穹隆一箭竟何如！

紫禁城内外

（一）

武英殿后珠帘翠，朝仪已就会典备。
亭台故苑煦风吹，宫外桥边碧柳垂。
新皇心虑吴三桂，急务谋来计议迟。
内廷密使招降早，更有吴襄⑦书信草。
犒军重赏以为资，想他不日将奉表。
四月京城正暮春，浓阴不散暗红尘。
通衢子夜闻哭喊，军纪废弛令不遵。
汹汹兵勇醺醺醉，闾里人家都是泪。
悲凉胡同冷尸身，巷议街谈含怨怼。
嚣嚷拷掠无休止，唯向汝侯⑧行令旨。
助饷追脏虎目瞋，无人不惧刘宗敏。
田家⑨深院悲欢影，江南名妓千般幸。

紫禁城内外

（二）

呜呼降将愧忠魂，城破忠臣多自刭。

尤闻耿耿吴少卿⑩，临诀托孤与其兄。

城陷烟消十余日，少卿孤子缘河出。

十五之龄着白衫，都门回首下双膝。

夜半扁舟宿鸭惊，棹灯点点水波平。

洞箫声里亡国恨，薄纱轻雾且南行。

通州城外流民聚，风言不辨事难明：

"山海军民皆缟素，关宁铁骑欲降清。"

三桂东来结大营，新朝威势岂能轻？

雄师虽在勤王路，士马踟蹰至永平。

闻得谣传尤恐惧，"衣冠难入北京城。"

红颜偏引无边怒，切齿更由一念横？！

东征山海卫

（一）

文华大殿绛灯红，残月无光夜色浓。

菱花门敞棂窗闭，将佐臣工画策中。

雾凝云断沉香缕，玉冷月台花冷露。

重重檐甃水萦回，纵有繁华难一顾。

军师献策⑪面凝重："山海卫称关海雄。

四万关宁为虎旅，背隍⑫易守却难攻。

西罗城⑬上红衣炮，但有疏忽将技穷。

东虏兵来断归路，蓟州无障密云空！"

李过人称"一堵墙"，其人勇猛无人当：

"侄儿部曲七千骑，罗虎⑭英姿勇力强。"

此语正中闯王怀，前把宫娥赐与偕。

御前遂定东征计，曙色钟声西长街。

彤庭幽闳天方白，凶信传由罗虎宅。

218

前明烈女费珍娥⑮，洞房刺杀潼关伯。

大军未发将先殁，雨霁风吹故城阙。

罗虎生前治军严，亲兵含泪葬尸骨。

东征山海卫

（二）

四月十三齐化门⑯，长风万里墨云吞。

晓天红彻凌云志，辽海波涛岂足论！

六万甲兵抒胆魄，雄心怀抱展旌幡。

晴空极目平芜碧，摧动三军向广原。

杂沓喧嚣人鼎沸，今宵御驾驻行辕。

旄头⑰警跸皆无畏，落尽尘埃见月圆。

通州城小运筹大，献策心忧径直言：

"东北风云恐难测，北兵突入必无援。"

闯王闻罢无心议，月转楼头鸟宿枝。

风絮焉知有无意，夜凉飘散半迟疑。

前锋直下永平府，万马萧萧饮滦河。

寥落千村已空户，北山隐隐自巍峨。

劳劳师旅兵锋至，孤雁哀鸣夕照时。

篝火连天十余里，石河西岸遍旌旗。

血战石河滩

（一）

明军列阵关城外，次日风晴甲胄鲜。

三桂执鞭骑白马，凤翅金盔银护肩。

呵斥旗牌将令传，火绳枪手步稍前。

鼓声統統炮声震，明甲齐腰束带缠。

大顺兵屯红瓦店，御营弥望杂相连。

对襟青布长身甲，劲旅森然列水边。

橝⑱动兵行稍突进，角吹铳响试弓弦。

两军合战嚣声震，石河乍流血水泉。

高岗西边烟障趁，伏兵杀出逾三千。

关宁虽败犹持刃，血战酣时勇者先。

毙卒横尸陈碛砺，腥风白日石河滩。

黄昏北翼城门闭，澄海红云暮色残。

一轮明月照燕山，十里关城傍海湾。

满蒙八旗兵九万，蜂拥先入南水关。

闯营闻觉人声远，烟雾隐于山海间。

侍卫亲兵方造饭，御前众将望龙颜。

血战石河滩

（二）

石河金鼓动乾坤，晓战扬尘日色昏。

南北纵横成铁阵，遥遥黄伞御营屯。

关宁铁骑虚其侧，大顺精兵两翼伸。

云布东方铜褐色，穿空炮响怒雷神。

忽见风沙漫天地，刀兵蹀踏乱纷纷。

须臾似有笳声起，虏骑千锋若断云。

长枪短刀飞流矢，火铳如星万马奔。

喊杀阵阵声不止，平川血染石河浑。

勇士据鞍刀剑挥，返身咆哮陷重围。

关河落日轻生死，多少忠魂终不归。

多尔衮进京

大顺陈尸百余里，卷旌收卒入京师。

权臣阁老排班次，匆匆大典少谀词。

一别天门羽葆⑩垂，残兵西去暮迟迟。

欲筹粮草无人馈，几度仓皇战马疲。

民间言说千秋事，一怒冲冠忆可追。

江南血雨中原泪，繁华逝去已难回。

皇都初夏发新翠，摄政王旌添虎威。

都统扬鞭执金辔，王爷白甲蟒纹衣。

尾声

顺治二年夏四月，扬州雨霁劲风吹。

明军沟洫掩尸骨，中有少年知是谁？

虏骑清晨弓弩利，堑外守军苦难支。

血染帽盔身力竭，少卿之子人不知。

---

①季春：指阴历三月。

②督师：指崇祯三年（1630年）被冤杀的蓟辽督师袁崇焕。

③白灯悬：正阳门城楼悬挂的警报灯，为白色。

④煤山：即今北京景山。

⑤阛阓：市场。

⑥睐：眉宇间。

⑦吴襄：吴三桂之父，后被李自成所杀。

⑧汝侯：指刘宗敏。

⑨田家：原田贵妃家，刘宗敏入京后的住处。

⑩吴少卿：即吴麟征，北京城陷落时自杀殉国。

⑪献策：即宋献策，李自成军师。

⑫隍：此处指山海卫城墙。

⑬西罗城：在山海城之西，与北翼城、澄海楼、南北水关，明代均属山海卫。

⑭罗虎：大顺军将领，为潼关伯、李过部将。

⑮费珍娥：崇祯帝宫女，刺杀罗虎后自缢。

⑯齐化门：北京朝阳门明代称谓。

⑰旄头：指帝王仪仗中的先驱骑兵。

⑱旛：指令旗。

⑲羽葆：指帝王仪仗中的华盖。

梦觉山河泪

　　夏完淳（1631年—1647年），字存古，松江府华亭县人，明末抗清志士。诗文、气节称名于世。完淳十四岁从父夏允彝及师陈子龙抗清，后父、师皆自杀殉国。清顺治四年（1647年），完淳兵败被俘，怒斥叛臣洪承畴。九月十九日，与岳父钱彦林翁婿二人，同日于南京西市慷慨赴死，完淳年仅十六岁。夏完淳之妻钱秦篆，自幼由父母作主，与完淳定亲。二人情深意笃，后结为连理。完淳死后，秦篆悲痛欲绝，遁入空门。长诗以这段历史为背景，再现明末清初生逢乱世中的夏完淳与钱秦篆的凄美爱情，颂扬夏完淳的崇高志节。

府巷堂街添喜色，松江①嘉善②两重春。
钱家小女名秦篆，自幼许配夏完淳。
昔年两小窗前语，言语之中生死许。
画堂双鹊啅③人羞，竹间明月伴佳侣。
淀山湖④上烟波淼，满目风荷十里香。
白鹭飞来沙岸远，乌篷船过水痕长。

篆儿敛袂⑤露梅妆⑥，眉际相看暖目光。

米色绫衫衬花骨⑦，娇柔依偎在阿郎。

少年江左风流士，一袭浅红素缎袍。

四角方巾开眉宇，临风飘摆锦丝绦。

嗅来花露沾罗袖，并着双肩入浦津。

深向绿帷言耳语，轻褰⑧绣带湿兰裙。

萍上蜻蜓方自舞，鸳鸯水里听鸣橹⑨。

鱼戏青莲起縠纹⑩，花藏紫玉结心苦。

凫鸥惊翅雁飞迟，小棹⑪一泓裁出时。

田田碧叶迷岚雾，点点幽芳映暑曦。

风吹百亩清荷好，霞染波光云杳杳。

江山仙侣画中诗，双影漪澜身不老。

碧波万顷水接天，十里珠帘犹管弦。

烈焰刀兵始肆虐，茫茫北向遍狼烟。

崇祯癸未⑫卷风云，江北金声犹不闻。

灯阑曲滥楼台醉，甲申⑬犹是乱纷纷。

吴淞昼夜笙歌酒，塘报⑭频来传浦口。

殷忧长系眉宇间，糜烂之局难回首。
"潼关去岁经鏖战，漫野尸横唤孤雁。
闯逆连兵入西安，垂危社稷心忧念。"
完淳伫久绮窗前，朗目凝神思万千。
吴绫袍袖云头履，面如傅粉步翩然。
但见篆儿双蛾翠，芙蓉花色心生泪。
信手低眉拨冰弦，白绫披风红纽环。
水榭松亭新月柳，雪梅湖石香闺琇⑮。
玉笛声声落花飞，竹房兰烛映罗帷。
存古书辞自幼高，挥成数纸龙蛇草。
书请乡绅至中宵，勤王义举付管毫⑯。
伊人照眼⑰香桃骨⑱，更着匀妆鬓发梢。
煮茶才罢又剪烛，研墨方收复弹曲。
心痛山河惨变中，生逢危局忧思促。
风雨连番卷京师，八旗满蒙入关时。
东虏⑲兵锋向南指，浮尸血染长江水。
四月督师困孤城，誓与兵民共死生。

堑外明军苦难敌，隆隆炮响喊杀声。

泥雨沟隍填尸体，萧然残月马悲鸣。

铁鹬纷纷箭羽飞，刀光闪闪胡笳吹。

完淳之父投水处，士庶名臣殉节路。

堤岸烟浓秋雨苦，松塘水浅夏荷清。

少年歃血随戎马，壮士衔杯举义兵。

翌年云暖杏花开，新柳风凉乳燕来。

越地千秋轻性命，吴江一碧远楼台。

云霞万里鸳鸯侣，簌簌飘红半心绪。

斜阳系马晚风吹，一曲洞箫向南浦。

完淳魁伟着戎装，绛色盔缨锁甲长。

锦绣战裙银护臂，鞓带腰刀金箭囊。

微攒剑眉添英武，流眄朗目恰如炬。

今春家国月中看，他日旌旗天下举。

篆儿身着璧色裙，锥髻头箍云龙纹。

紫绫短袄蓝背褡，眉目之间动心神。

俦侣相拥言又止，无边晚照红霞里。

满目江南离乱人，且抛家恨梦中泪。

依依杨柳水东流，青马萧萧岸草幽。

此去烽烟多险阻，闺中春日伴忧愁。

枕冷衾寒为此别，一声残笛蹄痕留。

夏氏满门皆忠烈，完淳誓死更决绝。

"无限伤心夕照中，故国凄凉剩余红。

无情飞絮犹烟笼，往事思量一晌空。"

波涛无际千帆动，金鼓震天生死共。

太湖战火烈烈风，义士尸漂浪汹涌。

迎风万里悲行路，泗水数程哀作赋。

河山失色岂无情？家难国仇望歇浦⑳。

秘结婚姻在嘉善，恩师家父尸骨烂。

世事沧桑意无牵，深情恋恋心有念。

犹记繁华四载前，画桥烟雨水廊边。

双燕重逢新结偶，两情悱恻意缠绵。

清荷池畔仙姿影，画阁帘下楚腰身。

双杯云芽摧粉泪，一诉离情并肩倚。

相逢时短恨别长，烽火连天仇虏狂。

身遭乱世无人免，心系大明辞故乡。

思君难赴松江府，孤枕伶俜兼冷雨。

篆儿齿皓目瞹瞹，嫚嫚柔挠体便嬛㉑。

楼台独立旧凉池，眉宇愁撮慷慨词。

枯荷听雨簪花处，一别音容随水去。

天深难遣传幽素㉒，酒热无从启便笺。

梦里窗明闻窃语，觉来帐冷付无眠。

晓漏㉓随梳堕马髻㉔，心思空望冷月残。

闲阶露重罗裙湿，芜院风清玉臂寒。

唏嘘人语江宁事，绝笔家书阁泪㉕看：

自古悲歌为壮士，而今吟啸又南冠㉖！

同流"无限山河泪"，共问"谁言天地宽"。

忍读夫君"泉路近"，哀哀"欲别故乡难"。

锦屏绣幌红香泪，西市旗楼雨巷空。

午时莺啭凄凉地，家父夫君凛凛风。

今宵夜梦青丝绾，笑语含情柳月圆。

弦管声声飘水岸，江南夜夜集灯船。

芳荷玉盏语喧阗，豆蔻蛮歌妙曲传。

谁道繁华唯列鼎？铁蹄之下死争先！

清风帘幕柳如烟，秦篆鲛珠㉑泪似泉。

又值莺啼花好日，孤身回首空门前。

①松江：夏完淳家，松江府，今上海松江区。

②嘉善：钱秦篆家，在今嘉兴市嘉善县。

③啴：鸟叫。

④淀山湖：即今淀山湖，位于松江、嘉善以西。

⑤敛袂：整理衣袖。

⑥梅妆：古代女子一种妆式。

⑦花骨：指体形消瘦。

⑧褰：揭起。

⑨鸣橹：摇橹声。

⑩縠纹：水波纹。

⑪小棹：小船。

---

⑫崇祯癸未：1643年。

⑬甲申：指1644年。

⑭塘报：军事情报。

⑮琇：像玉的石头。

⑯管毫：毛笔。

⑰照眼：耀眼。

⑱香桃骨：这里指秦篆坚贞风骨。

⑲东房：清军。

⑳歇浦：指黄浦江。

㉑便嬛：轻盈美好貌。

㉒幽素：幽幽情愫。

㉓晓漏：指拂晓。

㉔堕马髻：古代常见发型式样。

㉕阁泪：含泪。

㉖南冠：囚徒。这里指夏完淳被捕入狱。

㉗鲛珠：指泪珠。

四言

悼赵家和老师

壬寅年夏，清华大学"炭火教授"赵家和老师去世十载，怅忆往事，能无恸哉！受学院嘱，以四言十韵百字为限，赋诗以悼。

赵公家和，清华伟奇。鞠躬尽瘁，师表永垂。
平生撙节，亲为捐资。寒门得助，学子念慈。
公至病笃，兴华肇基。人之已逝，涕下以思。
春风化雨，世存颂词。识高志远，爱重心持；
躬行大义，风骨可追。先生虽去，犹若生时！

词

暗香·残荷

残荷冷渡，似昔秋日晚，寥然如故。暮色谁看，
一带清烟与寒树。认得轻舟短棹，今却识、孤身来
去。又风起、兀自斜横，零落在荒浦。

丘阜，掩归路。对地迥天长，夕霞难顾。曲词漫
诉，情薄堪为忆中负。犹记春阑草露，莺婉转、飞花
成误。恨道是、重沐得，别时风雨。

八声甘州·黄昏

望黄昏薄雾锁楼台，暮景似从前。对残烟收雨，
飞红染水，故柳吹绵。抱影流光去也，淡月又悬天。
只道人间事，一叹万千。

纵有天涯咫尺，倩何人说尽，宛转经年。莫由多
情曲，转作别离篇。念归尘，关河万里，正凝思、碧
水动风莲。应知我、遣来词笔，半阕难填。

卜算子·古都春梅晚寄

何处赏梅花？暮景残垣下。垂柳黄昏一片霞，更觉春如画。

此境越千年，月在东边挂。点点玲珑乍坼时，倩影青砖瓦。

卜算子·雨霁春浓

雨歇鸟鸣欢，花掩深庭院。漠漠春寒向晚来，新绿枝头见。

烹煮具饔飧，茶罢风帘卷。乡邑田家自给多，更识东风面。

采桑子·京郊春日

今春柳绿花开早，雨霁香多。风影清波，几度斜阳昆玉河。

年年新鹊啼相似，一闹红柯。千载闻歌，多少芳菲月下挼。

采桑子·乡间秋意

乡间风过层云晚，鸡绕花田。极目幽燕，一望秋霞无限天。

归来偶遇邻家问，蝉噪人眠，蛙噪人眠，夜雨时临庄户前。

长相思·江湖秋

今时秋，旧时秋，秋影舟灯水漫流，夜阑山色幽。

花间愁，世间愁，风雨无常心莫忧。子鹃啼未收。

长相思·冷香楼

冷香楼，小池秋，秋上梧桐细雨收。玉人花影愁。

似凝眸，若凝眸，临水灯阑夜色幽。秦淮云月羞。

长相思·暮春咏怀

北国春，故国春，江映斜阳半浦津。青衫系马人。

影纷纷，雨纷纷，雨色如烟花若尘。小洲芳草茵。

长相思·天微凉

天微凉，水微凉，抬眼新梅倚故隍。芳菲在夕阳。

柳丝长，情思长，花月亭台夜未央，春风吹暖香。

长相思·佳人

烟雨轻，花雨轻，柔柳黄昏傍水亭。江空月更明。

山有情，川有情，脉脉佳人一顾卿。相思闲画屏。

捣练子·春夜静

春夜静，小池平，柳下芳菲悄语声。一片月波花醉影，觉来风意有无凭？！

捣练子·游拉市海有感

山色暗，水波清，野色湖光别样情。茶马故人随水逝，只留风里雁鸣声。

点绛唇·春日观仕女图偶成

小燕春来，试妆偷点梅花瓣。雨丝添眷，今为谁相扮？

绿锁云窗，闲却眉心念。芙蓉面，掩羞团扇。已作他年盼。

点绛唇·极目秋光

极目秋光，残红空碧清寥廓。叶舟闲泊，小憩闻鸣鹊。

逝者风流，今者驱云鹤。人长乐，笔中村落。好景如初觉。

点绛唇·老院秋瓜

老院秋瓜，碧丛深处松风里。菊花相似，开落增年齿。

人愿难酬，弄月消心事。鸣蝉已，更知凉意，空向危楼倚。

点绛唇·暮春寄晚

云翳山阴，三春如梦花如雾。柳亭烟路，长向风情去。

辗转难眠，月色人间语。相思诉，白萍杨絮，南国江心渚。

点绛唇·仕女

弱柳含羞，纤纤玉笋团儿扇。翠鬟妆扮，扶起金钗颤。

轻卷珠帘，风絮偕香散。花靥浅，直从思盼，念念鸳鸯伴。

点绛唇·西湖遇雨

蒲柳轻烟，莼羹菰首鲈鱼烩。暮岑含翠，更向双峰畤。

风雨连云，舣岸南山背。杭城地，胜桥名寺，月出平湖霁。

点绛唇·夏夜榆关怀古

夏夜榆关，古来难解新愁别。大川高阙，催马鸣边月。

故塞黄河，灯火时明灭。金蹄铁，洞箫声彻，一曲还初歇。

点绛唇·已值秋凉

已值秋凉，一程风雨河边柳。数声啼鸟，分袂多年后。

梧碧依然，故里端详久。从头走，不堪回首，世事难将就。

点绛唇·忆去岁中秋与友人小聚

去岁中秋，兴中诗意湖边草。月波栖鸟，一醉闲愁了。

萤火汀州，白露清凉早。流霞好，晚风香稻，记取盈盈笑。

点绛唇·忆壬辰夏游煦园

小院桐荫，绣楼廊下通幽境。碧波疏影，画舸烟塘静。

风气将清，几度山河整？谁能省，煦园池冷。人醉碑犹醒。

蝶恋花·题佚名《兰舟月夜》图

宵朗波平清笛了。灯点莲荷，萤火蒹葭绕。舟小
并肩花正好，夜凉秋水惊飞鸟。

一弄《春江》烟自褒，杜若馨芳，风褒①香幽
草。月引相知人语悄，一双燕子归来早。

蝶恋花·七夕

秋夜初凉萤火伴。乞巧人儿，家住秦淮岸。白藕
乍成瓜果盏，偷听天语窥河汉。

情有千愁眉黛浅。织女今宵，知为谁妆扮？月满
露浓心事绾，凭栏一曲轻声叹。

---

①褒：散发。

蝶恋花·秋忆姑父

桂裹浓香香几度？往昔云霞，犹记南山路。阶石莓苔兼杂树，忆中笑语方亭处。

今又残荷连日暮。波冷烟凝，湖上生寒雾。纵有千般思念苦，何由更向当年诉！

蝶恋花·壬辰冬晚偶作

云冷烟浓生细雨。风晚长衢，枯柳凝寒暮。数点愁鸦飞垅亩，西山遮断黄昏雾。

霜色枝头香锦去。三二门庭，残柿空留树。车噪人眠分两处，何谁犹恋无凭语？

蝶恋花·桃花扇

　　词寄桃花风伴柳。谢女才思，烟月秦淮酒。灯影楼帘难启口，芳心题扇君知否？

　　小杜英姿催马走。万里江山，故国长回首。散尽绮罗珠玉后，空门树老尘寰旧。

蝶恋花·题《清江晚醉图》

　　云海长天高阁耸。山水春晴，千载红尘梦。月影楼台新曲弄，人间抛却阳关送。

　　多少惊涛波浪涌。信步江亭，玉管红霞共。词笔难书情事重，一觞晚醉轻舟拢。

蝶恋花·晚照寒塘

晚照寒塘溶日暮。野色苍茫，极目凝烟树。或谓少年多迕误，飞舟惊鸟知无路。

秋院谁家花落处。人月相从，轻掩云窗去。昔日风华寻笑语，而今高柳垂如故。

蝶恋花·忆春偶得

人醉春风花引露。多少纷纭，怅惘千重数。杨柳成荫生乱絮，终随流水年年去。

亭畔长堤无尽处。霞染川头，更向平林暮。月识当年离别苦，高楼静影犹如故。

蝶恋花·月下偶吟

梧叶秋凉天气晚。月下蘅芜，点点萤光见。心似柔纱情似缎，闲勾愁绪眉牵怨。

玉盏流霞承一念。蛩唱烦愁，寂寞青溪苑。又是一宵琴宛转，红妆笔下声声慢。

蝶恋花·逢春雨偶得

春景不愁无绘处。染柳题花，摇曳风清路。闻得草香知夜雨，云痕水影莺啼树。

今岁时艰归计误。画册茶烟，烹火兼荤素。小铺疑为庄上户，忙中待客犹如故。

定风波·闻曲颂飞将军李广

　　叶落纷飞伴雨声，苍凉古曲耳边萦。铁马红旗弓已满，词短，功名岂可误平生！

　　李广难封堪落泪，遥寄，绝尘骑射向边城。万里黄沙风卷草，终老，长空雁阵送悲鸣。

洞仙歌·雪夜梅香

　　夜来花意，月冷寒香送。红上枝头解人梦。更纷纷、琼玉摇舞冰姿。今又见，梅雪飞霜凝重。

　　江南春未至，灯影楼帘，只照莹莹惹心动。暗自忖当时，谁点梅妆，青丝挽、筝弦一弄。久未许、心期待良辰，不管有无凭，此情相共。

凤凰台上忆吹箫·王维送沈子福之江东

　　幽翠生荒，钓人野渡，宦游风雨乡关。柳岸杨花雪，行客孤烟。相忆深怀旧景，横玉处、一醉江山。临圻远，飞鸿万古，落日凭栏。

　　遥天，晚霞壮暮，牵马立云霄，别绪人间。水阔青皋碧，箫管吹残。俄顷沙鸥惊乱，挥袖泪、归返何年？今宵梦，难堪枕凉，月冷南湾。

凤凰台上忆吹箫·云月功名

宋绍兴十一年岳飞遇害。岳飞生前与其妻李娃情深意笃，冤案昭雪后，李娃乃携子北归。今以情度之，赋。

银甲青袍，宝琴红帐，洗兵牵马斜阳。伐鼓飞烟处，剑闪寒光。云月征程万里，臣子恨、水阔山长。平生志，凭栏付笑，尽染秋霜。

芬芳，几重柳色，花落满阶庭，剩火残香。记取凝花烛，曾照新妆。唯有灯中楼影，依旧是、如诉离伤。功名逝，当知李娃，一曲愁肠。

凤凰台上忆吹箫·追忆爱犬宝宝

一径风霜，十年光景，月圆心事难收。任怃然悲忆，情字成愁。曾是嬉迎奔走，听耍处、欢悦明眸。空惊觉，无端入梦，不是今秋。

思幽，夕阳几度，长堤落霞天，日晚云悠。记雪深门径，爪印轻留。谩道年华催老，临倒影、溪水停流。方凝想，盈盈泪中，蹿罢嗔柔。

风入松·春风吹晚

离亭遥伫远云天，闻曲忆冰弦。蓬门柳色因风绿，甚清寂，小杏村边。几度新添旧景，花开不似当年。

青寒红暖又春怜，重省向婵娟。人生长是无端苦，更输他、些许情牵！更有修廊碧水，斜阳一抹残烟。

风入松·唐太宗文德皇后长孙氏

登临峣阙望长天，河洛战平川。金声数震东都瓦，几重梦、生死军前。早是红妆嫁与，秦王跨马当年。

月光一片照长安，嬿婉寄人间。清风微语安仁殿，落花轻、鉴正衣冠。尤念千秋幽素，明贤万代流传。

风入松·忆长安

流莺呼唤那年春，帘雨细听闻。银缸玉盏箫声断，欹珊枕、一卷诗文。手植西园杨柳，觉来檀板行云。

菱花千古照成真，唐乐醉纶巾。曲江池畔芙蓉好，尽斜阳、多少闲村！尚有题门雅士，长安路上谁人？

高阳台·兰陵王

胸甲明光，神姿朗色，霜蹄夜月边城。晓过邙山，尘头万里金声。风寒冰裂河阳塞，绝要津、突骑孤征。下千村、破阵三重，骐骥嘶鸣。

临川列戍无穷数，搏衔抬望眼，日落云横。血战经旬，洛阳西却残兵。雕弓铁胄繁缨饰，意豁如、嗤笑功名。只兴衰，成败中看，人道兰陵。

高阳台·屈原

云梦巫山，吴戈铁胄，郢都血色残阳。何以陈词？今番雾锁沧江！秦师长毂冲霄焰，马嘶鸣、千里哀伤。竟陵西、似有重茵，一派凄凉。

而今又是三春暮，更风吹乱絮，消尽烟光。鼓乐笙歌，呜咽鬼泣高唐。曾来祭拜湘君处，饰兰旌、佩我琼芳。对婵娟、神女凌波，杜若馨香。

高阳台·忆旧游白洋淀

辍桨流波，舟移野浦，苇风暗有荷香。霞透琼红，含羞飘曳华裳。斜阳舒柳闲村近，沐岚光、照影微凉。览幽情，鹭鹚翩然，凫雁随阳。

怡情忘却生花笔，纵浓鲜翠碧，词意绵长。辜负凝眸，一湖烟水苍茫。依依粉藕裙花里，已结成、子玉仙芳。漫轻盈，窈窕他年，渐晓凄伤。

更漏子·书渡头古意

恨难抒，情易就，柳外斜阳波皱。寻古道，雁凄鸣，旧时花落声。

江静晚，月楼远，风影疏帘半卷。青玉盏，绮罗衣，数行娟字稀。

汉宫春·百年清华

云展千姿，忆当年庚子，国破悲情。新堂甫立，忍看血雨山崩。青衫学子，又匆匆、远渡归程。陈岱老、怀铅握素，西南再塑华英。

今夜月怜荷影，更着光似雪，尤遣花盈。闲来绕穿旧径，何处兰亭。芳菲几度，但由他、鸟倦虫鸣。星斗转、年年水木，兴衰日暮霜凝。

好事近·初雪

初雪暮云天，沉作冷塘烟色。萧寺竹林看晚，鹊啄亭中食。

不闻芦管晚吹寒，唯有旧青石。雪霁危楼残照，却映孤身客。

贺新郎 · 七夕遥想

宋太常寺丞徐子宜之女颇知书，工词画，尤喜孟蜀花蕊夫人宫词。淳熙十二年七夕夜，遥念慧妃容姿，且与己同姓，疑为转世，遂诵《贺新郎》一首。词佚近千载，今姑妄揣之，虚记此事焉。

枕念秋声远，早因循、清凉风意，弄舟将晚。纱薄衫儿流苏髻，绥肆①娇持罗伞。直柱叹、缘多情浅。云锦翠衾纷叠处，写徽真、心事宣华苑。七夕夜，小池岸。

坠簪忽想宫妆扮。锁庭深、芳时花蕊，玉肌无汗。此韵携来惊天色，旷旷遥光一片。水殿外，芙蓉香满。谁道宫词填不尽？付流年、更把书琴眷。算未抵，恨千万。

①绥肆：缓缓的样子。

贺新郎·入秋怀古

　　柳外秋波静，渐天寒、凄蝉声住，月窥窗影。掩卷风烟催征鼓，徐步佳筠小径。供我醉、词锋诗兴。兰桂香飘清风夜，赋雄心、怀古金戈令。檐脊外，淡云定。

　　霜蹄画角旌旗整。想当年、云沉万里，故园山景。饮马河川连烽火，武穆功名未竟。恨卸甲、楼头惊醒。一阵乱蜇悲冷涩，且休言、斝酒愁心病。辜负了，赏花境。

贺新郎·颂文天祥

风冷扬州月。阻山河、灵旗万马，堑关初雪。壮赋诗词悲国破，舻下横江冰冽。回首处、长烟天阙。飞渡建溪收义旅，更召来、勇士轻离别。向铁幕，弩机绝。

浣沾貉袖仇胡血。惨云昏、冒迎白刃，五坡忠烈。气贯零丁丹心赤，霞染涛平海阔。念往事、朦胧梦缺。残落江南笳声紧，寄霜鸿、凛凛青松节。千古叹，醉中咽。

画堂春·观仇英《梧阴书静图》偶作

横烟耸翠水流迟，桐阴阔谷风吹。道巾仙氅一闲姿，篁下疏篱。

墨色书香诗韵，斜阳晚照柴炊。悠悠岫外暮云奇，小瀑轻垂。

画堂春·即景忆昔年荷花

昔年波影梦中词，粉裳青翠凉池。冰姿照水柳低垂，依旧芳菲。

欲把风荷多记，只添长恨新悲。晚来山色尽斜晖，花诉人知。

画堂春·六朝诗意

花如轻梦柳如烟,玉箫寒彻无眠。年年相问似从前,月冷秋千。

试笔令姜当日,讵吟红粉诗篇!暗香风意入冰弦,几度吹绵?

画堂春·闻古筝曲书别意

忽闻伤曲黯心神,月升花落离人。冰弦声切几番春?望断江津。

别意长亭千古,重逢瘦马流云。此情须向酒中存,一醉金樽。

画堂春·圆明园春意

风拂冰解柳丝长，一波心醉斜阳。渡头虚籁待芬
芳，新碧鹅黄。

曲水虹梁春意，此间何患微凉。眺中绘境缀千
塘，早发幽香。

画堂春·紫荆

紫荆连缀满枝头，不招乱蝶淹留。絮痕偏惹百芳
愁，只羡清幽。

藕色清妆匀抹，兰容淡韵随收。暖风吹碧益香
幽，知是娇羞。

浣溪沙·中秋月夜

秋月千年圆几回？浮云相掩亦相随。人间万里共清辉。

道尽悲欢倾一盏，身存天地有情思。灯帘笑语夜阑时。

浣溪沙·春日雪楹轩即景

春意迟来草木鲜，乡中景物记难全，常闻新韵入冰弦。

前月风寒观雪色，今朝日暖望云天。桃花暗发小池边。

浣溪沙·忆山寺寒梅

　　故日梅花料已开，清溪寒寺隐枯槐。青春忘却几曾来。

　　雪断千山随墨意，风吹一径遣诗怀。人生往事最难裁。

浣溪沙·闻曲书稼轩胸臆

　　曾记天涯故国秋，征鸿犹向梦中留。凭高北顾水悠悠。

　　烽火连营吹画角，残阳血色满楼头。少年铁马过扬州！

浣溪沙·丙申春偶作

流水清烟自在风，年年春意几多同？闲情长是落花中。

往日村头今夕柳，相疏颜色别时空。遥遥天际一孤鸿。

浣溪沙·观《秋江新月图》偶成

花露水窗临渡头，玉琴新月对江楼。粼粼波上泛渔舟。

多少秋风吹冷夜，寒烟汀渚水空流。诹生半卧望云悠。

浣溪沙·乱世秦淮

武定桥边蒲柳花，香桃骨质正芳华。秦淮薄雾月蒙纱。

遍地烽烟悲故国，三春风絮雨丝斜。行舟断发向天涯。

浣溪沙·轻阴

一抹轻阴入画楼，春深乍惹落花愁，流年镜里白人头。

依旧晚风吹皱碧①，归来黄杏又枝头，悠悠暮色水东流。

---

①皱碧：水波。

浣溪沙·癸巳秋，忆姑父而作

秋晚桂花犹自香，空街老巷映斜阳。推窗风满古松堂。

长忆寻常相聚日，慈容粲笑已成伤。重临西子断人肠。

浣溪沙·雾雨归程

雨色黄昏平野行，依稀景物一归程。残红忆得少年情。

何必新词填旧曲？含毫宛转久难成，疏窗槛外鸟啼声。

浣溪沙·早春题笺

无虑春来笔墨闲，云横寺外几重山？诗词烟雨杏花间。

莫道阴晴偷岁月，宜将风色寄长笺。谁知一去复何年！

浣溪沙·中秋遇雨

竟日霏霏雨未停，田头难辨水塘横。芦烟深处偶啼莺。

非但人间多遗憾，中秋自古有阴晴。心存天下共宵明。

解佩令·江南才女

韵佳神采，六朝往事，数风华、小谢才女。满腹诗情，绘不尽、丹青纨素。整云鬟、晚风烟雨。

冷香楼上，玉人窗下，寄归鸿、笛横无绪。几世高门，暮江远，孤帆津渡。月初圆、一帘幽诉。

浪淘沙·丙申秋晚

秋馆染秋思，红叶漂池，此间晚景寂寥时。何处暮村山色远，尽在余晖。

极目雁南飞，霞冷云迟，去年今日有无知？天弄清波人醉月，情入心眉。

浪淘沙·春波

荧影照平波，花事消磨，絮飞尤比往年多。回首舟头余照晚，俦侣长河。

暮尽柳婆娑，凝伫无何，月轮空自挂高柯。栖鹊时鸣春已去，不待寻他。

浪淘沙·京城秋夜

秋巷夜浓时，灯火门楣，青阶碧瓦叶离离。庭院深深多少事，岁月迟迟。

巧匠构心思，千店争奇，万家风味遍京师。新曲旧琴生妙韵，几阕兰词！

浪淘沙·题佚名秋月图抒怀

　　秋意惹秋思，风柳芳池，清波明月冷霜枝。往事如烟人似梦，不似当时。

　　此意可凭谁？征雁南归，几番分付恨无知。花落云飞都断送①，今见娥眉。

浪淘沙·乡城壬寅岁晚

　　门影竹篱墙，岁晚偏乡。红灯圆月又相将。谁荐北村鞭炮好？消受寒凉。

　　却忆暮春长，飘絮时光。犬欢人恤几分荒。终有东风开毒秽，莫叹无常。

---

①断送：时光度过。

浪淘沙·雪夜寒梅

香发苦寒时，冷艳虬枝。玲珑栖定雪霏霏。暗里欲将心意暖，报与春知。

士子尚轻微，横玉难吹，几番花韵缀成诗。直道世间情最切，月出鸿飞。

浪淘沙·晚夏风荷

清水识芬芳，脉脉流长，亭亭翠盖晚风香。记取当年花落早，子玉新塘。

钓叟对斜阳，荷影苍苍。碧波长岸起微凉。还上高桥开远目，尤似华裳。

临江仙·李夫人

汉太初年间，武帝作《李夫人赋》。今以其情揣度，填词以记。

皓月平沙飞雁绝，佳人一顾倾城。仙姿修嫮冷烟凝。淡妆浅步，只影悄无声。

宣室金华秋瑟瑟，未央风柳长亭。曲阑憔悴待钟鸣。桂宫玉枕，空影抚哀筝。

临江仙·颂戚继光抗倭

金鼓声声携骤雨，醒来已过三更。旌旗招展铁矛横。梦中怒海，倭寇胆心惊。

狼筅迎风兵俣俣，"鸳鸯"阵结田塍。挥师千里扫帆棚。南塘①未老，浙海乱波平。

---

①南塘：戚继光号南塘。

276

柳梢青·初春

水润汀洲，冰渐半解，晚苑风楼。小径清波，天高霞冷，春见枝头。

平湖一碧寒收。但去处、光阴未留。捵笔酬笺，裁琼答赠，托意扁舟。

柳梢青·夜岚烟韵

夜岚烟韵，秋帘微扰，月波添困。只怨今宵，萤荧数点，了无期讯。

烛台香篆消磨，捻雪缕、簪花云鬓。锦帐凉飔，韶光不与，香闺芳恨。

柳梢青·招生季拟清华园偶得

　　暮春啼鸠，新荷初举，乐扬歌阕。雨歇烟飞，云醒花醉，揽才时节。

　　不闻钟鼓喧声，却好是、求珠钩月。有似传胪，贤良弟子，杏园红折。

柳梢青·端午忆江南

　　云影家塘，千重水色，绘素南方。细雨苔阶，时风甜粽，都入茶坊。

　　清流引棹鱼塘。软语里、江田稻香。蒲叶门头，墙花院下，还饮雄黄。

满江红·追忆爱犬宝宝

光冷云寒，多少事、斜阳天色。今却怕，浅怀深忆，过愁成织。风絮连番吹旧柳，雨丝几度添新碧。料应来，时去岁无常，何谁惜！

水流恨，山亘戚。冬不至，春难及。尽繁花凋落，雪原空寂。梦得点睛神巧笔，觉来写我俗浑客。想那年，携犬走黄沙，闻吹笛。

满庭芳·初夏新荷

雨过云开，鸣禽翠柳，老塘风静波平。院池新景，难记数红英。乍见娇荷啜露，点点却、摇动心旌。石桥下，粉裳华盖，芳韵笼岚轻。

烟凝，山色远，吹凉一霎，裙舞千层。试问郎君意，花作微倾。子玉今成窈窕，可闻否、吴语箫声？良宵夜，姣容入梦，弦月向平明。

满庭芳·大唐昭容

唐隆之变距今一千三百又五载矣，时一代才女上官婉儿不幸殒命。今谱此调以记之，上阕述其罹难，下阕忆其生时。

金鼓消声，流星疏月，万骑刀剑明光。玉楼云阙，红烛照罗裳。忍顾蝉钗宝髻，行将别、闲却宫妆！重梦外，风吹永巷，一去似平常。

芬芳，三十载，神都盛宴，禁苑华章。试笔池边影，盈袖荷香。书尽天台桂柳，几多恨、又付斜阳。春江夜，鸣琴品赋，曲罢饮琼浆。

满庭芳·书长安古意

月柳依然，物华情薄，见来梅影轩庭。冷香千载，无乃不凋零？多少寒江递送，画中也、阁泪盈盈。念牵手，青衫短帽，书剑向平明。

功名，谁信道，簪花杏苑，科榜人生。顾长安春日，缊褐劳形。锦绣文章万古，貂裘敝、换醉掬筝。萧娘小，方知礼乐，暗地把心倾。

满庭芳·武穆出征

舞醉疏狂，登临悲恨，故国风色凄凉。落霞飞鹜，残笛又斜阳。铁骑关河画角，炊尘断、遍野离殇。青锋剑，银袍白马，千里未还乡。

红妆，双翠凤，菱花瘦损，筝曲忧伤。百战驱河洛，水阔山长。鸿断云波一片，世间事、谩道沧桑。评功罪，几番大雪，痛饮解愁肠！

满庭芳·夏完淳

夏完淳，字存古，松江府华亭县人，明末抗清志士。兵败被俘，怒斥洪承畴，不屈而死，年十六，诗文气节称名于世。值其离世三百七十年，填词以记。

四海狼烟，江南风雨，少年千里戎行。义从新败，流血满孤城。天阙悲歌暮色，山河破、快马蹄轻，勤王事，白巾皂甲，泗水过华亭。

多情，春去也，风中画角，故国金陵！暗有秦淮曲，浅唱凄声。今向刀头烈火，从容去、铁骨铮铮。文华逸，滔滔词厉，逆虏胆心惊。

满庭芳·宣太后①

　　崇峻巫山，苍茫云梦②，少志曾慕高唐③。静姿娴态，明月照华裳。回首丹江血色，今朝是、秦殿咸阳。西风泪，悲音故国，箫管遣愁伤。

　　金汤④，肤寸地，兵戈日久，雍氏围长。谵语回韩使⑤，心念家乡。绾握千城万乘，无亡矢、辟域蛮疆⑥。衡兰⑦近，宫深夜冷，独坐卸红妆。

---

①宣太后：即芈八子，楚国丹阳人，秦惠文王姬妾，秦昭襄王

生母。生年不详，卒于公元前265年，为历史上首称太后者。

②云梦：古云梦泽，方圆900里，与巫山同在楚地。

③高唐：楚国先祖姓氏，后楚王族为芈姓熊氏。

④金汤：此处指韩国雍氏城，楚军围城五月不拔。

⑤谵语回韩使：宣太后因本身楚国人缘故，拒绝发兵救韩国。

韩使为尚靳。

⑥辟域蛮疆：指秦灭义渠。

⑦衡兰：两种香草名。

满庭芳·忆旧游承德

北国江南，春光塞上，尽赏谐趣吴楼。沁凉徐致，山色纵湖幽。一派松风茂盛，千堆翠、暖日汀洲。荷初露，水连轩宇，入目洗凡愁。

闲游，成画境，疏狂意气，纵遣风流。更水澜波皱，芦荡回舟。向晚暮天望远，依旧是、绿满红稠。梦难寻，微涟摇影，空荡柳条柔。

满庭芳·忆旧游富春江

野翠浓荫，清波垂柳，一路奇水环山。富阳春色，天造是何年！宛曼轻舟雾渺，向何许、帆影悠然。平畴碧，村家水岸，行旅访乡间。

凭栏，空记省，亲情久系，光景疏闲。念一江同俗，自古犹然。井灶楼檐巷里，故人去、碑字存焉。黄昏雁，时鸣阵阵，旧日绕淳安。

陌上花·莲塘雨霁

莲塘雨霁，娇红初沐，翠间羞婉。似有多情，长作笼烟纱幔。静芳动影临风处，妙笔凭谁抒遣？只千裙一舞，娉婷轻梦，醉萧吹远。

夜凉微月下，菱歌心事，欲罢闲愁难散。泣泪盈盈，化作露珠相伴。赏花莫待三秋后，唯见残荷枯遍。水悠悠，窈窕那年春暮，暗香生晚。

南歌子·颂戚继光

　　暮雨连沧海，蓬莱耸九霄。狂风怒起卷波涛，伫立丹崖绝壁望澜潮。

　　万里江山在，千秋景物遥。从来壮气火云烧，元敬①横矛荡寇扫倭妖。

南歌子·银铃

　　玉漏沉香冷，银铃卧帐垂。别时风晚水萦回，小院荆扉虚掩、几重悲。

　　二月花开日，三秋雪落时。世间离合每相随，孰道空亭草木、乱红飞！

---

①元敬：戚继光字元敬。

破阵子·归思江南

淡墨江南谁染？相思公子将还。高阁孤醺春酒剩，快马归程晓月残。解袍卸绣鞍。

万卷诗书养志，三楹竹舍居闲。久历红尘名利事，便觉黄钟鼎食酸。轻舟过惠山。

菩萨蛮·观《芦月秋风图》

残程倦旅砧声断，浮生一夜寒江畔。芦月又秋风，歌阑人梦中。

尘烟多少事，万里云山寄。驻马泪潸然，萧萧清水边。

菩萨蛮·江南初春

　　浮云天月僧门后，江南冬杪梅花瘦。水上夜摇舟，客心寻渡头。

　　早茶闻市语，又见春芳雾。双燕旧檐间，飞来东水关。

菩萨蛮·暮春古意

　　《霓裳》一曲闲听罢，三觞成醉芙蓉下。花落逾千年，锦词多少篇！

　　可怜春已去，乱雀空啼处。染柳任斜阳，今朝风絮狂。

菩萨蛮·南唐往事

宋乾德三年（965年），后主李煜与小周后幽会，遂成千古韵事并遗《菩萨蛮》一首。时宫人偶见情状，颇多口传，历千载，流播广焉，惜无藻缋所遗。今乃为补记之耳。

云楼曼曲飘如雾，浮光水色香阶路。花好映金波，相知清泪多。

坠钗莲动处，月影人娇诉。露冷夜阑珊，晓天更漏残。

齐天乐·花魂

百花常在人间诉，时时动人心绪。内样轻妆，舟帘淡色，都作千秋词语。金陵典故。夜来宴芙蓉，舞惊丝路。几世馨香，月圆春曲写朝暮。

飞红可堪最苦。教坊离别日，尤飘纤雨。把酒难怀，凭栏易梦，一叹随江东去。悲欢既误，算家国新愁，几多辜负！却见溪边，笑中归浣女。

绮罗香·雪梅

雪沁梅香，霜敷月冷，此艳最从心痛。增忍消愁，枝上解人幽梦。向天地、织作红纱，岁如许、禁当寒重。但盈盈、多少风吹，换来世世与君共！

长烟云卷浪涌，花意清江流远，悠悠遥送。晓得痴情，一顷惹来怀动。念平生、纵富文辞，更不管、笛声凄弄。夜未央、少觉微凉，把罗帘醉拢。

千秋岁·忆祖母

酱鸡文虎，东市嘈嘈语。从里巷，穿堂路，鬓霜弓背影，祖母杭城寓。梧桐下，木楼黛瓦青帘布。

日久吹风絮，岁月何堪顾！春乍暖，廉纤雨，梅红醪酒酿，一弄炊烟处。人怅惘，音容已向云霄去。

沁园春·祭

独立碑前，先生风骨，志士关山。忆狼烟壮烈，服膺荣辱；清华英俊，化育愚贤。岁有千辛，心无二志，立在人生天地间。唯当日，向惊涛骇浪，极目凭栏！

而今学子情牵，记瘦影、悲中已哽咽。遍芬芳桃李，青春好梦；高辽寰宇，锦色华年。泪落霜秋，身捐晚夏，岂止箫声与断弦。经风雨，念哀从花月，灯火薪传！

沁园春·雨

辛丑年夏，清华大学电子工程系姚彦教授所著回忆录《春风化雨清华园》书稿略竟，读后有感，应姚老师嘱题作。

细雨荷塘，波上微飔，柳外淡烟。忆兰溪岁月，篷帆少窘；清华才俊，水木明鲜。世有艰辛，人唯笃志，生在长空天地间。凭当日，任狂涛怒海，谈笑翩然！

黉门学子情牵，望瘦影、师恩怀旧年。寄风华千数，芬芳桃李；江河无限，锦绣关山。念是秋霜，耕成晚暮，闻得苍苍未辍弦。流连处，对春风化雨，灯续薪传！

青玉案·太宗文德皇后长孙氏

唐贞观十年六月己卯，文德皇后长孙氏崩于立政殿。长孙皇后与太宗鹣鲽情深。今以情度之，赋此。

长安新月芙蓉柳，试妆处、难回首。戎马韶光堪忆否？正冠凝睇，从容开口，相伴成佳偶。

楼头夜色池波皱，金鼓当年万斛酒。玉笛吹残春已走。落花情重，倚窗人瘦，忽醒凉风透。

青玉案·屈原

楚顷襄王二十一年（前278年）初夏，秦攻破楚郢都，东进竟陵，屈原投汨罗江自杀。今词以悼之。

郢都血色巫山雨，故国泪、丹阳树。遣梦高台缥缈处。鄢城哀角，竟陵伤顾，万里三春暮。

风横雁过鸣凄苦，更有悲箫向神女。楚阙当年开乐舞。佩兰曾纫，九歌难诉，捐袂湘江去。

295

清平乐·蒹葭风露

蒹葭风露，月冷红枫树。点点凋残萧瑟处，向远
澄江津渡。

尚然秋水长流，观星不待登楼。小径无人重踏，
初霜蛩唱烦愁。

清平乐·览《春至芙蓉亭图》偶作

风亭烟柳，茕影空怀旧。寂寞春寒消暖酒，今又
清明雨后。

萦波心念闲生，若无似有无凭。草色愁人几许，
时浓时淡还青。

清平乐·寒湖望晚

平林轻雾，竹径逍遥暮。锁院寒禽来又去，晚照声声无数。

楼台烟色湖滨，陶然一洗襟尘。莫道人间长恨，枝头回报将春。

鹊桥仙·广陵散

红残秋去，筝挼声切，难赋青山旧景。飞泉戛玉卷重云，诀琴曲、鸣弦悲冷。

长亭黄柳，高轩紫陌，都下①烟凝人静。余音铿尔向阳渠，正冠带、从容孤影。

———————

①都下：指都城洛阳。

鹊桥仙·陇上雪

　　平林晓雾，微曦夜雪，陇上今朝绘境。农家墟落浸晨光，见说道、丰年常景。

　　桑麻旧话，田畴新语，更有遣词乘兴。清寒几许待春风，又添与、云天俱净。

鹊桥仙·七夕风荷

　　妆楼素影，疏帘清曲，今夜芙蓉梦好。芳塘碧盖舞千裙，见啜露、风荷花小。

　　登高览岫，临波横竹，数点星星斜晓。已成子玉暗芬芳，却识得、多情窈窕。

鹊桥仙·青山夕照

青山夕照，黄莺啼倦，无奈春归云去。花间满目草萋萋，总付与、斜风骤雨。

良辰新月，当年旧景，惯作落红飘絮。今朝闾里渐繁华，却怕了、喧喧人语。

人月圆·与老同窗蒋庆游佛山祖庙

乙未腊月十五，雨雪交加，与昔年同窗蒋庆游佛山岭南天地、祖庙。

人间欢悦逢知已，同探古坊牌。岭南天地，青堂老坞，寒碧庭阶。

趄棖锁院，烟萦曲巷，霏素飘街。殷勤灯影，关情问得，千井锅台。

如梦令·初冬即景

光冷鹜飞如昨，残照夕阳将落。初雪骤增寒，更寄影孤漂泊。萧索，萧索，风景望中相若。

如梦令·辛卯

四月娇红残早，晚寐不堪晨晓。梦忆杏花羞，难耐煦风吹老。辛卯，辛卯，弄影月圆初好。

阮郎归·忆古都金陵春意

江山风雨几多情，秦淮烟笼灯。琵琶歌缓曲新成，更传横玉声。

渔火倦，水波平，人眠花落轻。谁知春意有何凭？青溪月正明。

阮郎归·忆长安

芙蓉花色曲江春，红妆三月新。辚辚车驾望仙门，遥遥金鼓闻。

琼醴尽，锦诗存，长安酒肆人。豪情梦里寄风云，醉中看五津。

阮郎归·春归

春归无意露归痕，无人似有人。楼空花雨落缤
纷，方才品一文。

青杏小，碧池昏，书中"掩月门"。古时山水梦
如真，痴情今不闻。

阮郎归·故园风景

故园风景似当时，斜阳人已非。春来冬去几曾
迟，长河新柳垂。

寒未去，雁将归，花开更对谁？有情易晓恨难
知，一钩残月低。

生查子·秋夜偶得

绣帘窗月幽，夜冷弦筝好。纤指拨金丝，唇润樱桃小。

玉醅醉不浓，一曲《高山》了。点墨襞花笺，霜重残英少。

水龙吟·屈原

秦师鸣鼓长烟，云霞千里沉孤郢。竟陵非楚，洞庭暮雨，苍华孤影。浪涌惊风，飘零几度，国殇悲咏。更殷忧种种，今朝何诉？山鬼泣、清泉冷。

尤有木兰香盛，吐幽芳、却添凄境。楚宫何处，轩台神女，几重歌兴！宁赴江流，冠弹衣振，吾唯独醒。首丘狐死日，屈平拭泪，拜湘君命。

苏幕遮·春晚林岚

水青岚，山色远。春满芳塘，湿翠林波晚。泉映云光风意浅。好是空幽，难识流年转。

石阶存，飞絮散。诗画兰亭，笔下清流缓。怜影相思多少绾！更有桃花，簪向何人扮？

诉衷情·贞观十年

唐贞观十年六月己卯，文德皇后长孙氏崩于立政殿。长孙皇后与太宗鹣鲽情深。今以情度之，赋此。

关中高月试秋凉，人去远山长。尤闻万里金鼓，识正谏、换新装。

承庆殿，沐重光，岁流伤。桂花香雨，碧水红绡，又向初霜。

诉衷情·山塘晚步

　　辛丑夏六月二十日，薄暮，偕泽岚步往姑苏七里山塘街，青桥石巷，棹灯倒影，舟舸喧阗。更余，入"寻梦山塘"，八品曲调，少奉茶食。夜分，兴尽归寓，因小赋。

　　斜阳河巷客舟忙，灯水映山塘。姑苏寻梦何处，千载一柔乡。

　　圊匮老，石街长，尽流光。晚风星月，故景楼台，慢曲红妆。

琐窗寒·屈原

舞乐铿鸣，巫山鬼泣，郢都云卷。长戈鼓骕，日落洞庭将晚。竟陵东，烟横楚天，夕阳血色连霄汉。对世凉人薄，琼芳如我，路其修远！

难返。风帆乱，待拜赋湘君，杳然未见。春归梦断，万里波涛千变。但何时、清水濯缨，国强物阜民有盼？抚冰弦、郁郁抽思，夜色兰花岸。

琐窗寒·晓梦抒怀

岁月欺生，无端那日，杏花春雨。蓬门一面，似觉相逢如故。草萋萋，人间画中，笑容每向斜阳去。怅水流花别，抛残旧景，此情难诉。

辜负。良辰误，更乱絮吹风，岂知寻处？思量万遍，不得从容千度。信当时、村井灶烟，二分雾雨堪忆否？只今朝、又近清明，莫把光阴负。

踏莎行·悼父

晨院清秋，晚风冷雨，今番几许成悲苦？旧斋收整起思量，忽来泪影尤难诉。

一念灯孤，千怀案素，人生何得心无顾！觉时唯愿梦中真，明窗犹似听音语。

踏莎行·丁酉正月初五游京城烟袋斜街

俗雅相生，红灰互映，京城万井逢年庆。卖糖抓彩响风车，茶汤烟画街门影。

晓日偷闲，浮云遣兴，随分随有神仙境。鼓楼西畔递喧声，亦如小庙闻幽磬。

踏莎行·晚游西津渡有怀

江上初春，楼头暮色，兰灯风曳游人侧。任凭闲步踏轻寒，台城西望云山黑。

京口今来，瓜州昔识，谁论形势分南北？六朝流水越千年，匆匆一渡知消息。

踏莎行·夏日临西湖有怀

水碧风轻，浓荫画翠，一湖映日芳荷味。远堤横卧柳斜垂，临波多少诗人醉？

新稻香飘，吴山晚霁，韶光却转离人泪。玉皇林密笑声闻，而今明月空樽对。

踏莎行·己亥夏与千里、宪鹏等君品茗

当今之世，酒饭不缺。是故，欢愉未若老友相逢、得佳趣而入诗料者也。己亥夏，予行滇黔间，访茗未得，适闻千里君同窗艳梅君于其友尹君处，遂与千里、宪鹏二君同往焉。尹君善设茶，众皆细品慢啜，欢谈之余，畅想不绝。恍然间，似觉"达之，入于无疵"。当晚尽兴，填词以记。

桐巷烟开，梅窗雨霁，人生快意闲中事。老炉茶话有青瓷，谁持半卷欧阳字？

水石精幽，云芽妙旨，今宵权作桃源寄。桂花香彻此间留，方知故旧重相会。

摊破浣溪沙·汉乐塞曲

汉乐何时不得闻，昆明池暖未央春。烽燧长风月光下，牧羊人。

花落酒泉闻塞曲，鸿飞灞上正黄昏。渭水浣纱多少怨，付东君。

望海潮·金陵望江怀古

卷涛堆雪，遥观王气，江流回转台城。云断水关，湖连铁堑，垒边芳草初荣。细雨啭流莺。雾色愁几许，千古陈兵。谁道匆匆，血阳归雁数南征。

西风莫叹临行。只衣冠势促，遗恨归程。身老四时，心悲一世，玉人吹醉箫声。杂管奏弦筝。北上多白骨，极目江横。勒马泫然泣下，伐鼓在天明。

武陵春·丁酉夏观莲花图写意

湿翠含烟波月里，似曲更如纱。帘拢疏窗一盏茶，浅笑正风华。

愁上眉梢持扇去，香阁近莲花。簇簇新题小字斜，溪水绕人家。

西江月·旧游南京夫子庙

贡院街边旧榜，乌衣巷口斜阳。灯船河汉马头墙，弦月梢头初上。

茶肆吴音婉转，酒坊评话绵长。飞来燕子入檐梁，猜得几分情状。

相见欢·丽江古城

檐间滇月风清，暮云城。街瓦灯亭流水掩喧声。

雪域畔，丽江晚，石阶青。万井盛妆欢意向平明。

一剪梅·黄昏花落

又值黄昏花落时。笛色忧凄，箫管愁迟。怅然漫与晚填词。秋至凫栖，春去人离。

故处曾经乳燕啼。情老云霓，心碎潭溪。风烟几度绕长堤？近见船依，远望津迷。

一剪梅·南渡

北宋靖康二年（1127年）靖康之变爆发，一代女词人李清照（号易安居士）具舟南渡。南宋建炎三年（1129年）其夫赵明诚卒于建康。李清照暮年漂泊无依，其经历乃国破家亡、离乱年月之缩影。今于易安南渡890年之际，填词以记。

记取瓜洲南渡时，江笛寒吹，晓月孤随。武陵春入忆中词。帘卷花知，今在余晖。

冷炙残杯伤客思，寺雪梅池，院雨琴衣。暖风难至雁归迟。冰解松枝，愁闷心眉。

一剪梅·乡居逢雪有感

　　夜雪轻飘门径幽。曙色将春，寒意经秋。时蔬新到米清香，辣料匀调，汤味浓稠。

　　人有书章无抱忧。闻曲锵锵，习字悠悠。田家居久解劳形，案牍长留，闲适难留。

忆江南·春夜静

　　春夜静，栖鹊倦枝梢。千载梅心思落雪，风楼波月跨廊桥。江上棹灯摇。

忆王孙·戊戌夏夜

花开如昨境相同，入夜蛙鸣旧忆中。古有砧声柳月风，小楼东，人过悲欢心转空。

御街行·初冬读书传感怀

鸾鸾书传伤愁事，月夜冷、遥空寄。冰神玉骨妙才思，更有柳郎春意。秋庭凤管，暖炉梅雪，灯剪鸳鸯泪。

多年烽火乡关弃，道殣望、荒城敝。西园邻笛梦重逢，窗影菱花珠翠。楚风高雁，孤暝一隔，长向斜阳唳。

御街行·南唐七夕

北宋开宝七年，南唐灭国前，后主与小周后共度七夕，今乃为记之耳。

清风水殿盈香满，柳叶下、金波转。珠帘光影玉楼烟，筝曲今宵杯乱。莲池旧景，鹊桥新梦，一阕声声慢。

描眉忆昔春风面，露渐冷、收团扇。初凉夜里万家灯，乞巧红菱庭院。朝朝相守，别期将至，难作牛郎恋。

御街行·夏夜偶怀

何来薄暮清愁绪，惯走得、垂杨路。平畴无际远山横，吹尽残春风絮。闲村傍水，斜阳堤上，花落谁人顾？

徘徊每见伶俜处，冷月照、荷花渡。无端今夜又遥长，但恨多情常负。汀凫浅睡，飞萤流火，更叹流年树。

317

御街行·月色梅花

楼台月色寒香影，玉笛断、云阶冷。枝头花意有谁怜，犹自檀心清净。丹青佳绘，雪窗冰韵，都作人间咏。

春来水暖长天迥。目渐远、遥山亘。田畴新碧几重新，谁忆梅情初盛？群芳斗艳，红尘歌罢，输此风姿正。

鹧鸪天·姑苏仕女

暗数花期似有无，冷香阁暖雪晴初。偷掂心事清风夜，对镜眉间一点硃。

花叶醉，柳梢舒，廊桥波月近姑苏。素笺洒满纤纤字，梦里飞红入画图。

鹧鸪天·乡春偶吟

远近风光景物悠，眉间心事作凝眸。林间蝶探桃花意，好似初情莫敢留。

云影幻，柳枝柔，雾蒙山色水东流。偶然钓叟相逢语，芦荡惊飞一片鸥。

鹧鸪天·相忆春风梦似纱

相忆春风梦似纱，长河新柳故人家。花开犹是当年艳，此艳浑非昔日花。

天有尽，水无涯，古来江月自清嘉。红尘多少筝弦醉，更作诗中草字斜。

鹧鸪天·中秋夜念父猝然离世伤怀有赋

故苑重闻骤雨声，应知缘起在今生。念深因怕伤心事，宁作年华岁月更。

新笔墨，旧书笺，我思初睹忆无凭。难言心绪中秋夜，人世悲中梦觉清。

烛影摇红·潮白荷花

芦荡汀洲，雾浓花意烟为雨。风携千翠有谁知？应是流连处。往事随波已去。只空留、横塘野渡。笼纱轻梦，梦里依稀，亭亭泣露。

水阔天长，粉裳紫玉犹如故。重来点点动心旌，今却难成句。清影仙芳净素。岂无凭、醺酣不诉①。落霞秋晚，念此残红，徘徊难顾。

①诉：辞酒不饮。

祝英台近·南朝往事

酒阑珊，书草字，风物已难记。但觉当时，花月供人醉。九溪雨竹清幽，烟浓云绕，也曾许、千年春岁。

雨初霁，扫却飘絮无穷，赢得乱啼翠。沉梦窗扉，一语倩谁寄：连江流水汤汤，劳劳何意？甚的是、玉箫声切。

醉太平·春满植物园

桃红柳青，烟溪水声。雾连堤岸人行，更临波一汀。

松高谷平，山深鸟鸣。晓阴坡上风轻，露梨花半亭。

后 记

　　我国自古就是诗的国度，《诗经》是我国最早的诗歌总集，成书距今至少已有两千五百多年的历史。诗经过东周、两汉、魏晋南北朝，至唐而鼎盛，唐以降，更与宋词、元曲一度并驾齐驱，一百年前现代诗歌逐渐繁荣。历经岁月的流淌，诗以愈益丰富成熟的表现形式传承不辍，广泛普及，深入人心。如今在弘扬优秀传统文化的时代，诗更以无可替代的激励作用，焕发出了更为耀眼的光芒。

　　"诗"在《说文解字》中是指"志"，即"诗，志也"，而《说文·心部》明言："志，意也。从心，之声。"即"志"是指意念、意向、心情。《书·舜典》又言："诗言志，歌永言。"也就是说，诗从古至今本原就是人们以某种具有韵律的文学体裁。可见，诗是反映人性的。无论喜怒哀乐、爱恨情仇，还是志向怀抱，无非都是人们借助诗以抒发情感、褒贬善恶、传递精神、凝练思想。换言之，诗源于人们的意念、意向。因而从主体看，诗具有主观性、自由性。

同样，诗也是贴近社会生活的。日常有衣食住行，仕路有宦海沉浮，细处审视有柴米油盐，大处着眼有贫贱穷通，可谓无一不入诗笺。因此从客体看，诗又具有客观性、社会性。只不过诗并非一般意义上的生活记录，而要体现美学属性——源于生活而高于生活，是经历生活沉淀后思想情感的特殊文字表达，是基于生活的精神世界的高度提炼。

当然，诗还是传承与创新相结合的。从旧体诗看，在漫长的历史长河中，传承中有创新，创新中又有传承。传承中有创新容易理解，从汉乐府到齐体，到初唐体，直至发展为"格律科条"日趋严格的诗体。

既然诗在内容形式上都呈现出特定的美学特质，那么在创新中应当传承什么呢？何谓佳作呢？自古评家始终见仁见智、莫衷一是。然而，评家大多盛赞《诗经》醇正质朴，如"《诗》三百，一言以蔽之，曰'思无邪'"（《论语·为政》）、"《诗》正而葩"（韩愈《进学解》），却认为格律已臻成熟的晚唐反而因支脉流广、借鉴民间而渐陷于浅近、流俗，不如盛唐诗承袭初唐而独树浑厚高迈之风。难道是因为诗三百作为"诗的童年时代"，而特获垂爱（必然不是：《诗经》内容生动、艺术高妙）？缘何诗的格律在中唐成熟后"诗格"反而日下（达到一定诗境，格律应有利于自由发挥）？我认为，其实诗道并无中败之象，反而佳作迭出，形式颇多。

且积厚流广，播撒民间。显然，诗一旦接近民间，往往就能焕发出生命力，所谓"街谈巷说，必有可采；击辕之歌，有应风雅"（曹植《与杨德祖书》），这让人联想到了先秦的《诗经》、六朝的徒诗、宋词、元曲等多由民间而起。更何况，盛唐诗的生动与宏博正沿袭了初唐体乃至东晋、南朝民谣渐盛一时的徒诗。不过，诗一旦被"钦定""应制"，或羁于"乐府""教坊"，或受其他一些微妙因素制约，反而好似束缚住了手脚，而变得刻板无力，这又让人联想起乐府诗、齐梁体等。我想，诗就应该从诗的本意出发，坚持反映善恶美丑的人性品格，体现沧桑真切的社会生活。诗人若能通晓人性以至为诗性（也是一种禀赋），更向民间搜求素材，莫要如"鬼点簿"般"排凑"词句，便可能掘得诗思的万斛源泉。

而如何在形式的矩度与自由之间求取适当的匹配，当是诗人追求的目标与境界。在诗的创作中，还存在规范与破茧的矛盾转化。然而，诗也正是在这样的对立统一中不断演进发展的。不幸的是，明清乃至晚近，科举没落僵化，不第的文人激增，民间诗人踟蹰贫途，大量佳品明珠暗"藏"，大多不得不由民间自作搜采，但因梨刻多散，故难为流传。我们也可以看到，当律诗渐成主脉后，评家亦仿佛有了更多的"依从"，队伍渐至庞大起来，但其中有不少评家拾人牙慧，反复咀嚼历代"名家"，而少有扶掖"无根之芝草"、照拂"无源之醴泉"者。在这方面，对诗的发展来说，影响又难以估计，只能说负面为大。

　　现代诗在上世纪以燎原之势在中国拓开了广阔的舞台空间，那么，我们的旧体诗如何在继承性的基础上实现突破，在狭小的空间破茧？又如何让格律佐助、释放创作之美？还如何使抒情风格与叙事风格圆润融合？这些显然是探索中的难题，我们需要尝试，需要践履，在拳拳笃行中求知悟道、终有破解，这也是我创作的初衷与寻求的目标。

万俊安

2023年秋于雪楹轩